Wilhelm von Camerloher

Meister Nasr-eddin's Schwänke und Räuber und Richter

Anatiposi

Wilhelm von Camerloher

Meister Nasr-eddin's Schwänke und Räuber und Richter

Unveränderter Nachdruck der Originalausgabe von 1855.

1. Auflage 2023　|　ISBN: 978-3-38201-770-5

Anatiposi Verlag ist ein Imprint der Outlook Verlagsgesellschaft mbH.

Verlag: Outlook Verlag GmbH, Zeilweg 44, 60439 Frankfurt, Deutschland
Vertretungsberechtigt: E. Roepke, Zeilweg 44, 60439 Frankfurt, Deutschland
Druck: Books on Demand GmbH, In de Tarpen 42, 22848 Norderstedt, Deutschland

Meister Nasr-eddin's Schwänke

und

Räuber und Richter.

Aus dem türkischen Urtext

wortgetreu übersetzt

von

Wilh. von Camerloher,

und resp.

Dr. W. Prelog

Mitgliedern der Morgenländischen Gesellschaft

in

Konstantinopel.

Mit einem Titelkupfer.

(Zu I., S. 25, Nr. 64.)

Triest.

Buchdruckerei des Oesterreichischen Lloyd

1855.

Ihrem gemeinschaftlichen Freunde

Herrn W. F. Grathwohl

in Konstantinopel.

Dem gründlichen Kenner

türkischen Lebens und türkischer Literatur

gewidmet

von den

Uebersetzern.

I.

Meister Nasr-eddin's Schwänke.

Uebersetzt

von

Wilh. v. Camerloher.

„Ländlich — sittlich." —

Vorwort.

Meister Nasr-eddin, der türkische Aesop oder vielleicht besser Eulenspiegel, lebte, wie aus seiner angeblichen Zeitgenossenschaft mit Sultan A'la-eddin † 1307 und Timurlenk † 1404 n. Chr. zu schließen, im Laufe des XIV. Jahrhunderts, und hat sein Ruhm eines derben witzigen Schalks, im Orient sich bis auf den heutigen Tag erhalten.

Das hier folgende, von seinen Thaten und Einfällen handelnde Büchlein ist, wie kein anderes, in türkischen Landen verbreitet, und hier ebenso das erste und Lieblingsbuch der kindhaften Jugend, wie die Hauspostille der mühsam lächelnden Greise.

Ich habe in den öffentlichen Kaffee's von Stambul, wie in der klösterlichen Häuslichkeit des Selamlik, in den Zwischenpausen ernsthafter türk. Gerichtsverhandlungen, wie in den Abendcirkeln und auf den Bällen selbst jüdischer oder armenischer Levantiner, nicht selten von Kindern seine derben Späße zum allgemeinen Jubel erzählen hören. —

Diese Späße sind, wie man sehen wird, freilich nicht immer zart und sauber, aber in jenen Cirkeln ärgert man sich daran nicht, — mit dem letzten Lachrufe der Zuhörer ist die gehörte Geschichte vergessen, damit Kritik und Reflexion abgeschnitten und der „Hodscha" bleibt in seinem alten und ungeschwächten Ansehen. —

Mir war das Buch von Werth, weil ich es, wie alle Volksliteratur, für eine charakteristische Quelle der Kenntniß und Erkenntniß türkischen Wesens und damit für eine ungleich bessere gehalten, als sie in den veraccordirten Dutzendartikeln der europäischen Presse gerade jetzt über Türken und Türkisches dem Publicum geöffnet ist. —

Darum habe ich das Buch auch übersetzt und unbeschnitten in die Oeffentlichkeit gegeben. —

Eine gesunde und kräftige Constitution wird über den einzelnen Unverdaulichkeiten, die in dem Tractament des Meisters mit sich finden mögen, nicht gleich zu kränkeln anfangen, — für Kinder und Theekränzchen ist das Werkchen nicht bestimmt und um ein eventuelles Naserümpfen hohlwangiger Pharisäerkritik habe ich, aufrichtig, mich nicht bekümmern wollen. —

Die unvermeiblichen, hie und da aufstößigen Plattheiten und die Unnatur gewisser Schlagwitze muß ich natürlich auf Rechnung des Originals setzen. Immerhin wird es vernünftigen Leuten willkommen sein, aus meiner Arbeit sich darüber unterrichten zu können, was bei den Türken und in der Türkei für witzig, lächerlich und — für unschuldig gilt. —

Ländlich — sittlich !

Konstantinopel im März 1855.

W. v. Camerloher.

Meister Nasr-eddin's Schwänke.

Also erzählen unsere Weisen und verbürgen die Ueberlieferungen, und im Zuge ihrer Geschichten ist es auf folgende Weise bekannt gegeben:

1. a) Der Meister*) Nasr-eddin bestieg eines Tages die Kanzel um zu predigen, und sprach: He, Ihr Gläubigen, wißt Ihr was ich Euch sagen will? Die Versammlung antwortete: Nein, Meister, wir wissen es nicht. Der Meister: Wenn Ihr es nicht wißt, zu was soll ich es Euch sagen?

b) Eines Tages bestieg der Meister wieder die Kanzel und sprach: He, Muselmanen, wißt Ihr, was ich Euch sagen will? Sie antworteten: Wir wissen es. Der Meister: Wenn Ihr es schon wißt, was soll ich es Euch noch sagen? Damit ging er von der Kanzel hinab und hinaus. Als er fort war, war die Versammlung betreten und sie vereinigten sich in folgendem Rath und Anschlag: Kömmt er noch einmal hier herauf, so sagen wir: Einige von uns wissen es,

---

*) Türkisch Hodscha, Meister, Lehrer, Volkslehrer mit Recht und Pflicht des Predigtamtes in den Sprengels-Moscheen.

A. d. Ueb.

Andere wissen es nicht. Der Meister ging richtig eines Tages wieder in beschriebener Weise auf die Kanzel und fragte: He, Brüder, wißt Ihr auch, was ich Euch sagen werde? Sie sagten: Einige unter uns wissen es, Andere wissen es nicht. Der Meister sprach: Ei, wie schön! Die, welche von Euch es wissen, mögen es Jene, die es nicht wissen, lehren.

2. Eines Tages sagte der Meister Nasr-eddin: He, Ihr Muselmanen, Ihr sollt dem höchsten Wesen viel Dank wissen, daß es dem Kameel keine Flügel gegeben. Hätte es ihm solche gegeben, so würde es auf Eure Häuser oder in Eure Gärten sich niedergelassen, und Euch so die Köpfe zerbrochen haben.

3. Eines Tages bestieg der Meister Nasr-eddin in einer Stadt wieder die Kanzel und sprach: Hört, Ihr Muselmanen! Die Luft über Eurer Stadt ist dieselbe, wie die über der unseren. Die Versammlung fragte ihn: Meister, woher wißt Ihr das? Der antwortete: Ich habe in Ak-schehir*) (Weißenstadt) mich umgesehen; soviel es dort Sterne gibt, genau so viele sind auch hier.

4. Der Meister ging eines Tages in ein Bad. Als er sah, daß Niemand da war, ärgerte er sich und fing an ein Beliebiges auszuschreien. Da dem Meister seine Stimme gefiel**) so sprach er zu sich selber: Da ich einmal eine so schöne Stimme habe, so soll sich das Volk daran erfreuen; ging sofort von dem Bade hinaus, stieg gerade auf ein Minaret — es war eben Mittagszeit — und fing an, den

*) Das Tyrieum der Alten.   (Berghaus.)
**) Anspielung auf den Kuppelbau der türk. Bäder, welcher den
    Schall verstärkt.   (D. Ueb.)

Morgengebetsruf abzusingen. Ein Mensch sah von unten hinauf und nahm wahr, daß irgend Einer auf dem Minaret zur Unzeit den Morgenruf absang. Er rief: He, Dummkopf, was plärrst Du da zur Unzeit mit garstiger Stimme den Morgenruf ab? Sogleich kam der Meister herab und sagte: Ach, wie anders wäre es gewesen, hätte hier oben ein öffentlicher Wohlthäter ein Bad gebaut und uns so vor der häßlichen Stimme bewahrt!

5. In einer Nacht gab man dem Meister in seinem Traume 9 Geldstücke; der Meister sagte: Macht doch 10 Stücke. Einige Zeit darauf: lieber gar 19! — und indem er dabei Streit machte, erwachte er und sah, daß er nichts in der Hand hatte. Er machte die Augen wieder zu, streckte die Hände aus und sagte: gib her — es sollen meinetwegen nur 9 Geldstücke sein.

6. Eines Tages ging der Meister auf das Feld hinaus und es zeigten sich ihm von ungefähr einige Reiter. Der Meister lief und kam an ein Grab, zog seine Kleider aus, stieg nackt in das Grab und legte sich nieder. Als die Reiter den Meister erblickten, kamen sie näher und sagten: He, Mensch, was liegst Du hier? Dieser, der keine richtige Rede finden konnte, antwortete: Ich bin einer von den Grabesbewohnern und war nur hier ein wenig spazieren gegangen.

7. Der Meister ging eines Tages in einen Garten, zog daselbst einige weiße und einige rothe Rüben, wo er solche finden konnte, aus, und steckte sie theilweise in einen Sack, theilweise in seine Brust. Da kam der Gärtner, faßte ihn und fragte: Was suchst Du hier? Der Meister erschrak und konnte keine rechte Antwort finden. — „Es hat letzthin ein starker Wind geweht, dieser hat mich hierher gebracht!"

Der Gärtner sagte: Und wer hat denn diese Rüben aus=
gezogen? Der Meister antwortete: Als der Wind gar stark
geworden, hat er mich hier und dahin geworfen; wo ich
immer mich anhielt, blieb es mir ganz und gar in der Hand.
— Der Gärtner: Und wer hat sie denn in den Sack ge=
füllt? Sieh', antwortete der Andere, eben war auch ich an
diesem Gedanken — da kamst Du daher.

8. Eines Tages ging der Meister, Gottes Barmherzigkeit
sei mit ihm, nach Konia, trat in die Bude eines Halwa= (Ho=
nigteig) Kochs ein, und indem er sagte: In Gottes Namen!
fing er an Halwa zu essen. Als der Koch rief: He, Mensch,
was machst Du? und den Meister zu prügeln anfing, sprach
dieser: Was für ein prächtiger Ort ist dieses Konia, wo
man zum Halwa=Essen die Leute mit Prügeln zwingt!

9. Der Meister Nasr-eddin machte sich, als es Rama=
zan*) geworden war, bei sich den Gedanken: Was ist mir
nöthig, dem Volke nachzuthun und Fasten zu halten? Er
suchte einen Topf hervor und fing an, jeden Tag einen
Stein hineinzuthun. Zufällig warf des Meisters Tochter
eines Tages eine Handvoll Steine in den Topf. Einmal
nun fragte man den Meister: Der wievielte Tag des Mo=
nats ist heute? (es war aber der 25. des Monats.) Der
Meister sagte: Geduldet Euch ein wenig, ich werde sehen.
— Er ging in das Haus, schüttete den Topf aus, zählte
und sah, daß es 120 Steine geworden waren. — Er dachte:
Wenn ich die ganze Summe sage, so heißen sie mich einen
Narren. — So kam er und sagte dem Volke: Es ist heute
gerade der 45. im Monat. Die Leute antworteten: He,

---

*) Der türkische Fastenmonat.   (A. d. Ueb.)

Meiſter, ein Monat hat gerade 30 Tage und Du ſagſt, es iſt der 45.? Der Meiſter ſprach: Ich habe noch mit Billig= keit geſprochen; wenn Ihr auf die Rechnung des Topfes ſeht, ſo iſt der hundertzwanzigſte!

10. Eines Tages fragte man den Meiſter: Wenn der Mond neu geworden, was geſchieht mit dem alten? Der Meiſter antwortete: Man zerbricht ihn und macht Sterne daraus.

11. Eines Tages wollte der Meiſter mit einer Kara= wane von der Stadt hinausgehen. — Dieſe hatte aber ein Kameel für ihn und er ſagte zu ſich ſelber: Ich will lieber, ſtatt zu Fuße zu gehen, dieſes Kameel beſteigen, und ſo mit Annehmlichkeit reiſen. Darauf beſtieg er das Kameel, und als er mit der Karawane fortzog, ſcheute das Kameel, warf den Meiſter auf die Erde und kniete auf ihn. Der Meiſter erhob ein Geſchrei und die Leute der Karawane retteten ihn. — Als der Meiſter einige Zeit darauf wieder zur Be= ſinnung gekommen war, rief er: He, Ihr Muſelmanen, habt Ihr geſehen, wieviel Schmerzen mir dieſes falſche Kameel verurſacht hat? Thut mir den Gefallen und fangt mir das falſche Kameel ein, ich will es erwürgen!

12. Eines Tages kaufte er 9 Eier um einen Stüber, ging an einen andern Ort und verkaufte ihrer 10 um die= ſen Preis. Als man den Meiſter fragte: Warum verkaufſt Du nun 10 um eben ſoviel, als Du erſt 9 gekauft haſt? ſagte er: Es iſt von beſonderem Nutzen, daß unſere Freunde uns in lebhaftem Handel ſehen.

13. Als der Meiſter einſt ein kurzes Kleid angezogen hatte und in das Bethaus ging, dort ſein Gebet verrichtete und zur Kniebeugung gekommen war, nahm der hinter ihm

befindliche Mensch die Hoden des Meisters wahr, packte sie sogleich und quetschte sie; der Meister erfaßte auch die Ho=ben des vor ihm befindlichen Imam (Geistlichen) und drückte zu. Der Imam kehrte sich um, sah, daß es der Meister sel=ber war und sagte: He, was machst Du? Der Meister sagte: Frage darum meinen Hintermann!

14. Der Meister Nasr-eddin ging einst an das Ufer eines Flusses und setzte sich dort nieder. Da kamen zehn Blinde und machten mit dem Meister aus, er sollte sie, einen um den andern, für je einen Heller über den Fluß bringen. Als nun der Meister diese einen um den andern hinüberbrachte, erfaßte Einen davon das Wasser des Flusses und führte ihn hinweg. Die Blinden fingen zu schreien an. Der Meister sagte: Warum macht Ihr ein Geschrei? gebt mir nun 1 Heller weniger!

15. Eines Tages nahm Jemand ein Ei in seine Hand und sagte zum Meister: Wenn Du weißt, was ich da in meiner Hand habe, will ich Dir ein Eiergericht geben. Der Meister erwiederte: Beschreibe seine Gestalt, so werde ich es wissen. „Nun, von Außen ist es weiß, von Innen gelb.“ Der Meister rief: Ich hab' es, ich hab' es: man hat eine weiße Rübe ausgehöhlt und eine gelbe darein gesteckt!

16. Eines Tages ging der Meister auf dem Felde spa=zieren und begegnete einem Kalbe, stahl es und brachte es geraden Wegs nach Hause, schnitt ihm den Hals ab und verbarg die Haut. Als der Eigenthümer des Kalbes mit Geschrei und Lärmen vor das Haus des Meisters kam, sagte der Meister zu seiner Frau: Du, Weib, wenn ich die=ses Kalbes Fell nun hervorzöge, würde ich diesen Menschen leicht zu Schanden machen.

17. Als der Meister Nasr-eddin eines Tages auf dem Markte umherging und da einem Menschen begegnete, der ihn fragte: Meister, ist heute der 3. oder der 4. im Monat? antwortete er: Ich weiß es nicht, denn ich handle (hier) nicht mit Monaten.

18. Eines Tages nahm der Meister eine Leiter auf seine Schulter, trug sie fort und setzte sie an die Mauer eines Gartens, stieg hinauf, zog sie sodann nach sich und stieg hinein. Als diesen der Gärtner sah und ihn fragte: Wer bist Du und was suchst Du hier? lief der Meister eiligst auf die Leiter zu und sagte: Ich verkaufe Leitern. — Der Gärtner sprach: Verkauft man Leitern hier? Der Meister antwortete: O Du einfältiger Mensch! die Leiter wird verkauft, wo es immer sei.

19. Eines Tages fing der Meister Nasr-eddin seine Hühner einzeln und hing jedem ein Stückchen durchlöchertes Tuch um den Hals, jagte sie dann und ließ sie laufen. Alle Welt versammelte sich um den Meister, und als man ihn fragte: Was ist diesen Hühnern geschehen? sagte er: Es sind ihre Mütter gestorben, nun tragen sie Trauer!

20. Eines Tages ging auf des Meisters Grund ein Ochse. Als der Meister es sah, nahm er einen Stock in die Hand, und als er auf den Ochsen los kam, lief dieser weg. In der folgenden Woche, als er den Ochsen, an einen Bauernwagen gespannt, gehen sah, nahm der Meister sofort einen Stock zur Hand, lief hin und gab dem Ochsen etliche Prügel. Als der Bauer sagte: He, Mensch, was willst du von meinem Ochsen? erwiederte er ihm: Du mach' keinen Lärm, dummer Hund; der da kennt seinen Fehler!

21. Als der Meister eines Tages am Ufer eines Flusses seine Waschung verrichtete, nahm ihm das Wasser seinen Schuh weg und führte ihn ab. — Der Meister sah, daß sein Schuh dahin ging, trat sofort an den Uferrand hinaus, ließ einen Wind und sagte: Da nimm Deine Reinigung zurück*) und bring' meinen Schuh wieder.

22. Eines Tages machte der Meister sein Testament: Wenn ich werde gestorben sein, so legt mich in ein altes Grab. Als die Versammelten fragten: Warum sprichst Du also? antwortete der Meister: Wenn die Frage=Engel kommen werden, will ich sagen: ich bin schon ausgefragt worden; seht Ihr nicht, daß mein Grab schon alt ist?

23. Als dem Meister eines Tages die Noth zum Pissen kam, ging er in einen Abtritt und sagte: Ich werde einen Tag und eine Nacht lang pissen, und setzte sich nieder. Es befand sich aber neben dem Abtritt ein Brunnen, der immerfort plätscherte. Als der Meister meinte: Mein Pissen hat noch kein Ende, kam ein Mensch und sagte: He, Mensch, was sitzest Du so lange hier? Er erwiederte: Mein Pissen hat noch nicht aufgehört, daß ich aufstehen und weggehen könnte.

24. Eines Tages wünschte der Meister ein Pferd zu reiten; da es sehr hoch war, konnte er es nicht besteigen. O Mißgeschick! rief er, und schaute sich rings um. Als er sah, daß Niemand zugegen war, sagte er: Als wir

---

*) Die Mohamedaner verunreinigen sich und sind zu neuer Waschung verpflichtet durch und nach Flatus, alvi, urinae evacuatio, coitus cum femina vel puero.

A. d. Ueb.

noch zu Esel waren, hatten wir doch nie eine solche Verle=
genheit.

25. Als der Meister eines Tages in ein Bad ging,
und der Badewärter, um ihn herumgehend, ihn mit dem
Badebesen bürstete, packte der Meister die Hoden des Bade=
wärters fest. Als dieser sagte: Ei, Meister, was machst Du?
antwortete er: He, Mensch, ich habe Dich gepackt, in der
Meinung, daß Du nicht fallen sollst.

26. Eines Tages wollten die Jungen von Weißenstadt
(Akschehir) den Meister in das Bad mitnehmen, und ver=
abredeten sich, Jeder sollte heimlich ein Ei zu sich stecken,
dann wollten sie Alle auf einmal in das Bad kommen, sich
ausziehen, nach Innen gehen, und nachdem sie sich auf den
Seifstein gesetzt, zu einander sagen — kommt, wir wollen
mit einander Eier legen; wer kein Ei legen kann, der soll
das Badegeld bezahlen. Alsbald gluckten sie wie Hühner,
erhoben ein Geschrei und legten jeder die mitgebrachten
Eier auf den Stein nieder. Als sie der Meister so sah,
blies er sich sogleich wie ein Hahn auf und fing an zu
krähen. Als die Jungen sagten: Meister, was machst Du
da? antwortete er: Haben so viele Hühner nicht einen Hahn
nöthig?

27. Eines Tages zog der Meister schwarze Kleider an
und ging aus. Als die Leute ihn sahen und fragten: Mei=
ster, was ist Dir geschehen, daß Du Dich in Schwarz ge=
kleidet? — antwortete er: Der Vater meines Sohnes ist
gestorben, für ihn trage ich Trauer.

28. Als der Meister eines Tages von weit her kam
und Durst fühlte, schaute er sich um und sah einen Brunnen,
in dessen Röhre man ein Holz gesteckt hatte. Der Meister

dachte: hier will ich Waſſer trinken, und zerrte an dem Holze. Kaum hatte er es herausgezogen, als das Waſſer mit Macht herauskam und den Meiſter von oben herab naß machte. Der Meiſter erzürnte ſich ſogleich und rief: Sieh' da! weil du ſo gar närriſch herausgeſtrömt, hat man dir dieſes Holz in den Hintern geſteckt!

29. Eines Tages nahm der Meiſter einige Melonen mit ſich und ging auf einen Berg, um Holz zu fällen. Da er durſtig warb, ſchnitt er eine Melone an und ſagte: Sie iſt nicht ſüß, und warf ſie weg; ſchnitt noch eine an, kurz und gut, ſchnitt ſie alle an, aß ein wenig davon und pißte auf den Reſt; dann fuhr er fort, Holz zu fällen. Als der Meiſter einige Zeit nachher wieder Durſt bekam und kein Waſſer finden konnte, ging er auf die nächſte der zerſchnittenen Melonen zu; und indem er ſagte: Dieſe da hat es getroffen, dieſe hier nicht, aß er ſie nach einander alle auf.

30. Als einſt der Meiſter in eine Stadt kam, begegneten ihm zufällig ein paar Gelehrte. Der Meiſter fragte dieſe: Wohin geht Ihr, und ſie antworteten ihm: Wir gehen an die Wurzel Deiner Hoden. Der Meiſter ſah ſie an und ſagte: Bis zum Abend werdet Ihr usque ad apicem penis mei gelangen.

31. Der Meiſter Nasr-eddin hatte ein Lamm, das er mit Fleiß auferzogen. Eines Tages thaten ſich einige ſeiner Freunde zuſammen und ſprachen: Wir wollen aus des Meiſters Händen ſein Lamm nehmen und eſſen. Es kam vorerſt Einer von ihnen und ſagte: He, Meiſter, morgen bricht das jüngſte Gericht herein; was machſt Du dann mit dieſem Deinen Lamm? — Bring' es, wir wollen es eſſen. Da ihm der Meiſter nicht glaubte, ſo kam noch Einer und ſprach

ebenso. Der Meister hielt es nun für wahr und wirklich, schlachtete das Lamm, nahm es dann auf den Rücken, ging damit auf einen Spazierweg, zündete Feuer an und fing an, das Lamm zu braten. Von ungefähr zogen seine Kameraden sich aus, übergaben ihre Kleider dem Meister und gingen nach verschiedenen Seiten, um zu spielen, auseinander. Der Meister warf nun sämmtliche Kleider in's Feuer und verbrannte sie. Als die Gesellschaft einige Zeit darauf vom Springen Luft in den Bauch bekommen und zurückgekehrt war, sah sie, daß alle ihre Kleider verbrannt und zu Asche geworden waren. Sie fragten den Meister: Wer hat diese verbrannt? Der Meister sagte: Morgen sollte ja das jüngste Gericht hereinbrechen, wozu braucht man da Kleider?

32. Eines Tages kam in des Meisters Haus ein Dieb, packte, was sich fand, zusammen, lud es sich auf den Rücken und ging hinweg. Der Meister nahm noch den Rest zusammen und folgte dem Dieb auf dem Fuße nach. Als der Dieb in sein Haus hineinging, klopfte hinter ihm her auch der Meister an des Diebes Thür. Als der Dieb ihn fragte: Was willst Du, Meister? antwortete Dieser: Nun, haben wir denn nicht in dieses Haus Umzug gehalten?

33. Eines Tages *) kamen zum Meister einige Herren und sagten: Du giltst für einen Mann der Schrift — aber verstehst kein Persisch. Der Meister sprach: Warum werde ich es nicht verstehen? Sie sagten darauf: Wenn Du es verstehst, so sage uns einige persische Verse her, laß' uns hören. — Der Meister brachte ihnen ein Folgendes

---

*) Der Vollständigkeit halber, mitgetheilt.

Der Uebers.

vor: *) . . . .

. . . .
— Die Gelehrten sagten: Gottes Wunder! kehrten um und
entfernten sich.

34. Eines Tages hatte man dem Meister eine Summe
Geldes gestohlen. — Der Meister rief: O Herr, was hast
Du nöthig, mein Geld von Fremden nehmen zu lassen? fing
ein Geschrei an, ging in das Bethaus und weinte bis den
andern Tag. Unterdessen war auf dem Meere ein Schiff in
einen Sturm gekommen und die darauf Befindlichen sagten:
Wenn wir zur Rettung gelangen sollten, so wollen wir dem
Meister eine Summe Geldes geben. Mit der Gnade Got=
tes des Höchsten kam das Schiff zur Rettung und sie brach=
ten jene Summe und gaben sie dem Meister. — Dieser rief:
Gott mein Gott! weil ich eine Nacht nüchtern und weinend
im Bethaus zugebracht, hat er mir mein Geld zurückgeschickt.

35. Eines Tages nahm der Meister von seinem Nach=
bar einen Kessel, und nachdem er ihn gebraucht, legte er in
den Kessel eine kleine Schüssel und brachte ihn so dem Ei=
genthümer. Der Eigenthümer sah, daß in dem Kessel eine
kleine Schüssel war und fragte: Was ist dieß. Der Meister
antwortete: Der Kessel hat geboren. Der Mensch nahm die
Schüssel an. Eines Tages brauchte der Meister den Kessel
wieder, holte ihn, brachte ihn in sein Haus und benützte
ihn. Der Herr des Kessels sah einen bis fünf Tage zu
und bemerkte, daß der Kessel nicht zurückkam. Er kam vor
das Haus des Meisters und pochte an die Thüre.**) Der

---

*) Halb türkisch=, halb persisches inhaltsloses und unübersetzbares
Kauderwelsch.   D. Ueb.
**) Die Häuser der Mohamedaner sind des Harems halber stets
geschlossen.   D. Ueb.

Meister kam an die Thüre und fragte: Was willst Du?
— „Ich will meinen Keffel." Der Meister sprach: Mö=
gest Du gesund bleiben, der Keffel ist gestorben. Als der
Mensch sagte: Stirbt denn je ein Keffel? erwiederte er:
Da Du doch geglaubt hast, er habe geboren, willst Du nicht
glauben, daß er gestorben ist?

36. Eines Tages ging der Meister zwischen den Grä=
bern spazieren und sah, daß ein alter Hund auf einen
Grabstein machte. Der Meister erzürnte sich, nahm einen
Stock zur Hand und wollte den Hund prügeln. Der Hund
aber fiel den Meister an, und dieser sah, daß er unterliegen
würde. Sofort sprach er zum Hund: Zieh' hin, mein Junge,
zieh' hin!

37. Eines Tages fing der Meister einen Storch, brachte
ihn nach Hause, beschnitt ihm Schnabel und Füße, soweit
sie ihm zu lang erschienen, setzte ihn sodann auf einen er=
höhten Platz und sagte: Sieh', jetzt bist Du einem Vogel
ähnlich geworden!

38. Als eines Tages der Meister beim Suppeessen
sich den Mund verbrannte, erhob er ein Geschrei und lief
auf die Straße: Platz, Brüder! in meinem Bauche ist
Feuer!*)

39. Es hatte ein Gelehrter Arabien, Persien und
Hindostan, kurz alle sieben Klimate bereist und durchwan=
dert, und Niemand konnte seinen Fragen Antwort stehen. —
Diesem hatte Jemand gesagt: Im Lande Rum **) ist ein

---

*) »Janghin war« — es ist Feuer, der Allarmruf der türkischen
Nachtwächter.   D. Ueb.
**) Iconium.   D. Ueb.

Herr, man nennt ihn Meister Nasr-eddin; wenn irgend
Wer Dir Antwort steht, so ist es dieser. Der Gelehrte
machte sich auf und ging geraden Wegs nach Akschehir,
kaufte für einiges Geld Granatäpfel und steckte sie in den
Busen. Als er auf die Flur von Akschehir gekommen war,
sah er, daß dort ein Mensch den Pflug führte; es war aber
der Meister selber. Er ging nahe zu ihm und sah, daß der-
selbe Sandalen an den Füßen und auf der Schulter einen
Wollmantel trug, und von Aussehen einem Rechtsgelehrten
glich. — Da er nun hart an ihm war, bot er ihm den
Gruß. Der Meister erwiederte ihn und sagte: Gelehrter
Herr, zu was bist Du gekommen? Der Gelehrte antwortete:
Ich will Dir eine gelehrte Frage thun — willst Du sie lösen? — Als der Meister erwiederte, ich werde sie lösen, sagte
der Andere: Nun es ist die und die — löse sie nun. Der
Meister sprach: Deine Mutter sogar gibt Deinem Vater
nicht umsonst, was sie ihm gibt. — Der Gelehrte zog die
in seinem Busen befindlichen Granaten hervor und gab sie
ihm. — Der Meister nahm ihm nun als Antwort auf seine
Frage die Granaten eine nach der andern ab und aß sie,
bis kein Stück übrig geblieben. — Der Gelehrte sagte: Ich
habe immer noch meine Frage unbeantwortet. Der Meister
antwortete: Zieh' hin, mache keinen Lärm; die Granaten
sind alle geworden! Der Gelehrte sprach: Wenn die Bauern
von Rum von der Art sind, wie mögen sich dahier die Gelehrten beweisen? ging hinweg und fort.

40. Eines Tages sah der Meister, daß am Rande
einer Quelle eine Menge Enten spielten. Der Meister meinte:
Ich will sie mir fangen, und lief hin, sie aber entflohen.
Da nahm der Meister ein wenig Brod in die Hand, tunkte

es in's Wasser und aß es. Als ein Mensch kam und ihn fragte: Was issest Du? sagte der Meister: Ich esse Enten-Sauce.

41. Eines Tages hatte der Meister eine Leber gekauft, und als er sie nach Hause trug, stieß ein Sperber, der ober ihm geschwebt, herab, packte die Leber und entfloh. Der Meister sah starr hinter sich und merkte, daß es umsonst war. Sogleich lief er weg und begab sich auf einen erhöhten Platz. — Da ging ein Mensch vorbei, der ebenfalls eine gekaufte Leber in der Hand trug. Der Meister rannte auf ihn zu, riß die Leber aus der Hand des Menschen und stieg damit auf einen Stein. Der Mann rief: He, Meister, was machst Du? Der Meister antwortete: Ich bin zu meinem Spaß nun selber ein Sperber geworden!

42. Es kam Jemand und wollte von Nasr-eddin einen Strick haben. Der Meister ging in's Haus, kam wieder heraus und sagte: Man hat Mehl auf dem Stricke ausgebreitet. Der Mensch fragte: Kann man denn Mehl auf einem Stricke ausbreiten? Der Meister antwortete ihm: Weil ich keine Lust habe, ihn herzugeben, so kann man es wohl auf auf dem Stricke ausbreiten.

43. Eines Tages kam ein Mensch zum Meister, unterhielt sich mit ihm und zog sich dann von ihm zurück. Der Meister ging ihm nach und sagte: Möge mir die Frage erlaubt sein: Wer seid Ihr denn? Ich weiß es nicht! Der Mensch antwortete dem Meister: Ja, warum hast Du Dich denn mit mir unterhalten? Der Meister sprach: Ich habe gesehen, Deine Kopfbedeckung gleicht der meinigen, Dein Oberkleid dem meinigen, und habe Dich so für mich selbst gehalten.

44. Nasr-eddin hatte einst einen Kranken und sagte zu Denen, die kamen, sich um sein Befinden zu erkundigen: Am Morgen war er noch am Leben, jetzt stirbt er

45. Eines Tages packte der Meister seine Hühner in einen Korb und begab sich auf den Weg nach Spitzburg (Sivri Hissar). Da sagte er: Diese Armen sind gefangen — lassen wir ihnen ein wenig Freiheit. Als er sie so alle frei ließ, entlief ein jedes der Hühner nach einer andern Seite hin. Der Meister nahm einen Stock zur Hand, ging auf den Hahn los, jagte ihn vor sich her und rief: Du, der du um Mitternacht weißt, wenn es Morgen wird, warum findest du am hellen Mittage den richtigen Weg nicht?

46. Eines Tages ging der Meister am Rande eines Weges zwischen Gräbern spazieren und fiel in ein altes Grab. Er legte sich an die Stelle des Todten und sagte: Ich will sehen, ob Münker und Nekir (die Frageengel) kom= men. Als er so da lag, hörte er, wie von fern der Schall einer Glocke sich näherte. Der Meister sagte: Das jüngste Gericht läßt sich mit seinem Lärm vernehmen, und stieg aus dem Grabe heraus. Es kam aber eine Karawane des We= ges. Als der Meister seinen Kopf herausstreckte, scheuten die Maulthiere daran und schlugen auf einander. Die Führer, nachdem sie den Meister erblickt, nahmen einen Prügel zur Hand und fragten ihn: Du, wer bist Du? Der Meister antwortete: Ich bin ein Todter. Die Maulthiertreiber: Was machst Du hier? Als der Meister erwiedert: Ich wollte spazieren gehen, sagten die Maulthiertreiber: Wir wollen Dir einen angenehmen Spaziergang bereiten; fingen so= gleich an, darein zu schlagen, und prügelten tapfer darauf los, so daß der Meister an Kopf und Auge verwundet nach

Hause kam. Seine Frau fragte ihn: Wo bist Du gewesen? Der Meister antwortete: Ich war gestorben und im Grabe. Als seine Frau weiter fragte: Was gibt es auf der andern Welt? sagte der Meister: Ach, Weib, wenn Du die Thiere der Maulthiertreiber nicht erschreckest, so gibt es weiter Nichts.

47. Eines Tages schickte man den Meister mit einer Gesandtschaft nach Kurdistan. In Kurdistan angekommen, bereiteten die Kurdenfürsten dem Meister ein Gastmahl und luden ihn dazu ein. — Der Meister zog seinen Festpelz an, und nachdem er am Ort der Einladung sich eingefunden, ließ er einen Wind. — Als der Vorgesetzte des Meisters ihm sagte: Herr! Du hast gef..zt und Schande aufgehoben; erwiederte der Meister: Das sind Kurden: was sollen sie von türkischen F..zen verstehen!

48. Eines Tages ging der Meister mit seinem Schüler I' mad auf die Wolfsjagd, und sie kamen dabei an die Höhle des Wolfes. Der Meister sagte zu I' mad: Geh' Du hinein! I' mad ging dann hinein. Der Wolf war aber außen gewesen und kam eben zurück. Als er in die Höhle hineinging, packte ihn der Meister beim Schwanze. Der Wolf mühte sich ab, und dem I' mad kam dabei der Staub in die Augen. Als er rief: He, Meister, was ist das für ein Staub? sagte der Meister: Wenn des Wolfes Schwanz abreißen sollte, dann erst würdest Du Staub zu kosten bekommen.

49. Eines Tages stieg der Meister auf einen Baum und fing an, den Ast, auf welchem er saß, abzuschneiden. Ein Mensch, der unten vorbeiging, rief: He, Mann, was machst Du? Du wirst nun, so wie der Zweig gefällt ist,

herabfallen. Der Meister gab diesem keine Antwort, und wirklich fiel er, als das Holz durchschnitten war, plötzlich herab. Sofort stand er auf, lief hinter dem Menschen drein und sagte: He, Mann, Du hast gewußt, daß ich fallen werde, Du wirst auch wissen, wann ich sterbe! — und packte ihn am Collet. — Der Mensch konnte sich nicht los machen und sprach: Packe Deinem Esel eine schwere Last auf und treibe ihn eine Anhöhe hinauf; wo er das erstemal s..zt, fährt die Hälfte Deiner Seele aus; wo das zweitemal, da entfährt sie ganz und gar, und es bleibt Dir keine Seele mehr!

Der Meister machte es so und legte sich auf dem Platze, da es das zweitemal gewesen, hin, sagte: Sieh', nun bin ich gestorben, und blieb liegen. Sogleich versammelten sich die Leute um ihn, brachten eine Tragbahre, legten ihn hinein und sagten, laßt ihn uns nach Hause bringen. Als sie auf dem Wege an eine kothige Stelle gekommen waren, sagten sie: Wie werden wir hier hinüber kommen? und sprachen untereinander. Sogleich streckte der Meister seinen Kopf aus der Bahre und sagte: Als ich noch am Leben war, ging ich immer auf diesem Wege da hinüber!

50. Eines Tages wünschte der Meister unter der Erde einen Stall zu machen; beim Graben kam er in den Stall eines der Nachbarn und sah, daß dort viele Ochsen waren. Der Meister freute sich dessen, kam nach Hause und sagte: He, Weib, ich habe einen aus den Zeiten der Ungläubigen übergebliebenen Stall Ochsen gefunden; was gibst Du mir als Belohnung?

51. Nasr-eddin hatte zwei Töchter, die kamen eines Tages beide zu ihrem Vater. Er fragte sie: Wie lebt Ihr

immer, meine Töchter? Es hatte aber die Eine von ihnen einen Landmann, die Andere einen Ziegelbrenner zum Mann. — Die Eine sprach: Mein Mann hat viel Samen ausgesäet; wenn es regnen wird, so wird mein Mann mir ein Kleid machen lassen. — Die Andere sagte: Mein Mann ist Ziegelbrenner; er hat eine Menge Ziegel geformt; wenn kein Regen einfällt, wird mein Mann mir ein Kleid machen lassen. — Der Meister sagte: Eine von Euch hat das Beste erwählt, aber welche, das weiß ich nicht.

52. Eines Tages, als der Meister nach Sivri-Hissar kam, sah er, daß eine Menge Menschen sich versammelt hatten, und nach dem Monde sahen. Der Meister sagte: Was ist das für ein sonderbarer Ort! In unserer Stadt sieht man den Mond wie ein Wagenrad groß, und Niemand achtet darauf; dahier aber, wie viel Leute haben sich um einen nur einen Zahnstocher großen Mond versammelt und sehen ihn an!

53. Nasr-eddin begab sich eines Tages in die Stadt, woselbst sehr hohe Wasserthürme sich befanden. Als der Meister sie sah, fragte er Jemanden: Was sind diese Dinger? Der Mensch antwortete: Hi quidem civitatis nostrae penes sunt. Cui ille: Iis ergo adaequatas vulvas vobis esse oportet.

54. Eines Tages ging Nasr-eddin in Akschehir spazieren und sprach bei sich: O Herr! schenke mir 1000 Goldstücke; wenn aber Eines fehlt, nehme ich sie nicht an. Der Meister hatte aber einen Juden zum Nachbar, der hörte ihn und that, um eine Probe zu machen, neunhundert und neun- und neunzig Goldstücke in einen Beutel, und warf sie durch den Schornstein des Meisters hinab. Der Meister sah, daß

ein Beutel mit Gold da lag; sprach: Mein Gebet ist erhört
worden; öffnete den Beutel, zählte die Goldstücke und sah,
daß eines fehlte. Da sagte er: Wer Dieses gegeben, der wird
auch das Andere geben, und verwendete sie. — Jetzt packte
den Juden die Angst; er klopfte an des Meisters Thüre und
sprach: Einen glückseligen Morgen, Meister! Gib mir nun
jene meine Goldstücke wieder. Der sagte zum Juden: Kauf-
mann, bist Du ein Narr geworden? Ich habe sie von dem
höchsten Wesen erbeten, und dieses hat sie gegeben; wie
wärest Du im Stande, mir Gold herzuwerfen! Der Jude
sprach: O liebe Seele, Meister, ich habe es, um dir einen Spaß
zu machen, gethan. Der Meister antwortete: Ich verstehe
den Spaß nicht. Der Jude sagte: Du hattest doch gesagt,
wenn Eines davon fehlen sollte, nehme ich sie nicht an, deß-
halb habe ich sie herabgeworfen; worauf der Meister erwiederte: Ich habe die Goldstücke verwendet. Der Jude sagte:
Komm, wir wollen auf das Gericht gehen. Der Meister:
Ich gehe nicht zu Fuß auf das Gericht. Der Jude brachte
dem Meister ein Maulthier. Der Meister sprach: Schön!
aber ich brauche einen Pelz um die Schultern. Der Jude
brachte auch noch einen Pelz. So erhoben sie sich und gingen auf das Gericht zu Sr. Gestrengen, dem Richter. Als
der Richter seine Frage gestellt, sagte der Jude: Dieser
Mensch hat mir so und so viel Goldstücke genommen, und
jetzt leugnet er es. — Der Richter sah nun dem Meister in's
Gesicht und der sprach: Mein Gebieter, ich habe gewiß und
wahrhaftig von dem höchsten Wesen 1000 Goldstücke erbeten und es hat mir sie gegeben. Ich zählte sie aber, und es
fehlte Eines. Ich sagte zu mir: nun es einmal so ist, wer
so viel Goldstücke gegeben, der gibt auch jenes Eine, und

ich verbrauchte die Goldstücke. Am Ende, mein Gebieter, kömmt dieser Jude auch noch als Eigenthümer dieses Pelzes, den ich um meine Schultern trage, und des Maulthieres, das ich geritten, heraus! — Der Jude rief: Auch diese gehören mein, mein Gebieter! — Da hieß es: Fort mit Dir, Spitzbuben = Jude! man zerbläute ihm den Kopf und warf ihn vom Gerichte hinaus. Man erzählt nun, daß der Meister jetzt auch vom Pelz und Maulthier noch Besitz nahm und nach Hause zurückkehrte.

55. Eines Tages ging der Meister zu einem Hochzeitsmahle und hatte ein altes Kleid an sich. Man beachtete ihn nicht und erwies ihm keine Aufmerksamkeit. Der Meister sah, daß es so nicht ging. Sofort ging er mit guter Manier hinaus, kam nach Hause, zog seinen Festpelz an, und begab sich wieder an den Ort des Mahles. Man kam ihm oben an der Thüre entgegen, sagte ihm: Beliebt doch herein! und wies ihm mit Ehren und Auszeichnung einen Sitz oben am Tische an. Laßt Euch belieben, hieß es wieder. Da faßte der Meister den Aermel seines Pelzes und sagte: Laßt Euch's zum Mahle belieben, mein Pelz! Als dies die Leute bemerkten, fragten sie den Meister: Was machst Du? Der Meister erwiederte: Offenbar gehört jetzt die Ehre dem Pelz: — so möge dieser auch das Mahl verzehren!

56. Nasr-eddin kam eines Tages in eine Stadt, und sah, daß die Leute am Essen und Trinken waren. Als sie den Meister sahen, erwiesen sie ihm die Ehre, und brachten ihm vom Mahle. Es war aber in jenem Jahre eine Dürre. Der Meister aß und trank und sprach zu sich selber: Was ist doch das für eine wohlfeile Stadt? und fragte darum irgend Einen. Der Mensch sagte: He, Mann, bist Du ver-

rückt? Es ist heute Bairam.*) — Man kocht, Jeder nach
seinem Vermögen, in den Häusern und verspendet es; dar=
um gibt es Essen im Ueberfluß. Der Meister antwortete:
Ach, wäre es doch jeden Tag Bairam!

57. Eines Tages brachte der Meister eine Kuh auf den
Markt, führte sie dort auf und ab und konnte sie nicht ver=
kaufen. Da kam über den Platz her Einer gegangen und
sagte zum Meister: Was führst Du da die Kuh an Deiner
Hand herum, ohne sie zu verkaufen? Als der Meister ant=
wortete: Ich habe sie seit dem Morgen auf= und abgeführt
und auf alle mögliche Weise gelobt, aber nicht verkauft;
nahm der Mensch sofort die Kuh von der Hand des Mei=
sters, und fing an mit dem Rufe: Eine zarte Jungfrau ist
seit sechs Monaten trächtig, sie herumzuführen. Endlich
mehrten sich die Kunden und kauften sie um einen guten
Preis. Der Meister verwunderte sich, nahm das Geld für
die Kuh, lief fort und ging nach Hause. Es waren aber zu
des Meisters Tochter die Brautschauerinnen gekommen und
befanden sich noch dort. Seine Frau sagte ihm: Du, Alter,
zu Deiner Tochter sind die Brautschauerinnen**) gekommen.
Verweile ein wenig hier (außen), ich will bei den Schau=
weibern bleiben, und nach Kräften die Lobrede halten, viel=
leicht daß man an unserer Tochter Gefallen findet und sie uns
abnimmt. — Der Meister antwortete: Nein, nein, Weib,
mach Du Deinen Mund nicht auf! Ich habe soeben eine

---

*) Türkische Feste.   A. d. Ueb.
**) Der mohamedanische Freier bekömmt die Braut vor der Hoch=
zeit nicht zu sehen. Die Werbung wird, wie man sieht, durch
Brautschauerinnen beschäftigt. —   A. d. Ueb.

Art Lobrede gelernt — ich will hingehen und sie spre=
chen; gib Acht, wie sehr man zufrieden sein wird. Damit
machte er sich auf und ging zu den Brautschauerinnen hin=
ein. Die sprachen: He, Meister,*) was suchst Du bei Wei=
bern? Geh' Du fort — es möge ihre Mutter kommen. —
Der Meister sagte: Die Mutter lehrt ihre Tochter die Haus=
arbeit, sonst weiß sie von ihren Tugenden nichts. Wir aber,
die wir Erfahrung besitzen, beobachten wahrhaft ihre Tugen=
den. Was Ihr daher immer zu fragen habt, das fragt mich!
Die Weiber erwiederten: Zähle denn einige ihrer Tugenden
auf und laß uns hören! Der Meister sprach: Eine zarte
Jungfrau ist sie, im sechsten Monat schwanger; sollte es
nicht darauf herauskommen, so ist die Waare mein. Sofort
sahen die Weiber eine die andere an, standen auf, gingen
hinaus und fort. Des Meisters Weib sagte: Ach, Alter,
warum hast Du mit solchen Worten die Brautschauerinnen
verjagt? Der Meister antwortete: Du fürchte nichts, Weib.
Ob sie das ganze Land durchstreifen, sie finden kein Mäd=
chen von solcher Vortrefflichkeit. Wenn sie genug umherge=
gangen, werden sie wieder kommen. Hätte ich nicht die Kuh
auf diese Weise gelobt, — es hätte sich kein Käufer dafür
gefunden!

---

*) Die Wohnungen der Türken scheiden sich mit äußerster Strenge
in das Selamlik (Empfangsdepartement) oder die Männerwoh=
nung, und in den Harem (Hof) oder die Frauenwohnung. Auch
die ankommenden Gäste bequartiren sich sofort nach ihrem Ge=
schlechte, und es ist dem Hausherrn, der sonst selbstverständlich
Zutritt in seinem eignen Harem hat, nicht gestattet, dorthin zur
Zeit der Anwesenheit weiblicher Gäste seiner Frau oder Frauen
zu kommen.   A. d. Ueb.

58. Eines Tages wand Nasr-eddin seinen Turban, und fand, daß er zuletzt nicht passen wollte. Er wiederholte, löste auf und wickelte wieder, — und wieder ging er nicht aus. Der Meister ärgerte sich nun, nahm den Turban, kam damit auf den Markt und gab ihn in die Versteigerung. — Als nun die Versteigerung los ging, kam ein Mensch her und wurde Käufer. Der Meister nahte sich mit guter Art und heimlich dem Menschen und sagte ihm: Bruder hüte Dich zu kaufen, denn dieser Turban paßt an seinem Ende nicht!

59. Eines Tages kam zum Meister Jemand und brachte ihm die Nachricht: Meister, es ist Dir ein Sohn gestorben. Der Meister sagte: Wenn mein Sohn gestorben ist, hab' ich es Gott zu danken; was aber geht es Dich an?

60. Eines Tages kam ein Mensch zum Meister und wollte seinen Esel. Der Meister sagte: Bleibe einstweilen hier, ich will hingehen und den Esel berathen; wenn der Esel es zufrieden ist, will ich ihn Dir geben. Darauf ging er hinein, blieb eine Zeitlang aus, kam wieder heraus und sagte: Der Esel war nicht damit zufrieden; und es sagte mir der Esel: wenn Du mich an Fremde übergibst, so schlagen sie mich auf's Ohr und schmähen noch Deinen Hausstand.

61. Eines Tages bestieg der Meister seinen Esel, und indem er nach seinem Garten ritt, kam es ihm auf dem Wege, Wasser abzuschlagen. — Er zog seine Jacke vom Rücken und legte sie über den Saumsattel des Esels. Da kam ein Dieb, stahl die Jacke und ging hinweg. Der Meister kam und sah, daß die Jacke weg war. In demselben Augenblicke nahm er vom Rücken des Esels seinen Sattel, legte ihn sich

selbst auf die Schultern, gab dem Esel einen Peitschenhieb und sagte: Bring' mir meine Jacke und Du sollst Deinen Sattel wieder kriegen.

62. Eines Tages kam es dem Nasr-eddin auf seinem Esel wieder zum Pissen. Er zog seine Jacke aus und legte sie über den Esel. Ein Mensch, der ihm dabei zugesehen, nahm sofort die Jacke weg und machte sich davon. Der Esel fing dazumal zu schreien an; der Meister sagte: Schreie und lärme, wie du willst, — es hilft nun zu Nichts. Sobald der Dieb den Lärm und das Schreien der Beiden hörte, brachte er die Jacke zurück, legte sie auf ihren Platz, und lief fort und von dannen!

63. Einst hatte der Meister seinen Esel verloren und fragte bei Jemanden nach ihm. Der Mensch sagte: Ich hab' ihn gesehen, er ist da und da Richter geworden. Der Meister antwortete: Du sprichst da ganz richtig, ich wußte selbst, daß er Richter werden würde. Denn wenn ich dem I' mad Unterricht gab, so hat jener Esel die Ohren gespitzt und zugehört.

64. Eines Tages*) ging Nasr-eddin in's Gebirge, Holz zu fällen. Nachdem er Holz gefällt und es dem Esel aufgeladen, wollte der Esel des Meisters auf dem Wege nicht mehr weiter gehen. Da kam ein Mensch des Weges und sagte: Stecke diesem Deinem Esel ein Quantum Salmiak in den Hintern. Der Meister fand ein wenig Salmiak und applicirte es. Da fing der Esel dergestalt zu traben an, daß der Meister hinter ihm nicht nachkommen konnte. Der Meister sprach: Laßt sehen, was das für ein Ding ist, und steckte sich selbst ein solches

---

*) Siehe das Titelkupfer.

Quantum in den Hintern. Darauf hin fing der Hintere
des Meisters an, in Affection zu gerathen. Der Meister
überlief den Esel, kam gerade an sein Haus und rief: Frau,
wenn du mich einholen willst, so stecke Dir etwas Salmiak
in den Hintern!

65. Eines Tages kam an des Meisters Haus ein
Mann und wollte seinen Esel haben. Der Meister sagte:
Der Esel ist nicht im Hause. Durch eine Fügung des Zu-
falls schrie eben im Hause drinnen der Esel. — Der Mann
sagte: He, Meister, Du sagst, der Esel ist nicht hier?
er schreit ja drinnen. Der Meister antwortete: Was bist Du
für ein sonderbarer Mensch, da Du einem Esel glaubst, mir
aber, einem Graubarte, nicht glauben willst?

66. Eines Tages fragte der Meister seine Frau: He,
Frau, woran erkennst Du einen gestorbenen Menschen? Sie
antwortete: Seine Hand und sein Fuß werden kalt, daran
erkenne ich ihn.

Eines Tages, als der Meister in's Gebirge nach Holz
ging, fror ihn an Hand und Fuß. — Der Meister sagte
sogleich: Ich bin gestorben; und legte sich an der Wurzel
eines Baumes nieder. Da kamen die Wölfe und fingen an,
seinen Esel zu verzehren. Der Meister rief von dem Platze,
wo er lag, den Wölfen zu: Ihr habt glücklicherweise einen
Esel gefunden, dessen Herr gestorben ist!

67. Als der Meister eines Tages im Gebirge Holz
fällte, kam ein Wolf über seinen Esel. Nachdem er ihn auf-
gefressen, erblickte der Wolf den Meister und machte sich
alsobald auf und davon. Als dies ein Mensch sah, rief er:
Hollah, auf ihn! und machte ein Geschrei. Der Meister
sagte: He, Mensch, was lärmst Du so? Möge dem gesät-

tigten Wolf über die Anhöhe hinauf kein Schaden daraus kommen!

68. Eines Tages brachte der Meister seinen Esel auf den Markt, und dieser beschmutzte sich im Gehen seinen Schwanz im Straßenkoth. Sogleich schnitt der Meister des Esels Schwanz ab, legte ihn in seinen Quersack und kam so auf den Markt. Als man ihn nun ausbot, sagte Einer: Zu was hilft ein schwanzloser Esel? Der Meister sprach: Schließe Du immer Deinen Handel; der Schwanz ist nicht verloren!

69. Als der Meister eines Tages von weit herkam, war sein Esel gewaltig durstig geworden. — Zufällig kam er an den Rand eines See's, aber der See hatte von allen Seiten steile Ufer. Als der Esel des Meisters das Wasser sah, hielt er nicht mehr an sich, und lief nach dem See. — Auf einmal fingen an der Stelle, wo er stürzen mußte, die Frösche aus dem See zu quacken an. Der Esel erschrack und floh nach rückwärts. Der Meister lief hin, faßte den Esel, und indem er sagte: Bravo, ihr Vögel des See's, warf er eine Handvoll Münzen in den See und fügte hinzu: Geht hin, kauft euch Halwa (Honigteig) dafür und eßt ihn.

70. Zur Zeit des Meisters Nasr-eddin erschienen drei christliche Mönche, in allem Wissen ausgezeichnet, und zogen durch die Welt. Auf ihrer Reise kamen sie auch in das Gebiet Sultan A'la-eddin's,*) der sie einlud, seinem Glauben beizutreten. Die Drei antworteten: Wir haben ein Jeder von uns eine Frage bereit; könnt Ihr darauf Antwort geben, so wollen wir zu Eurem Glauben übertreten. In

---

*) A'la-eddin III † 1307. n. Ch. —   D. Ueb.

solchem Vertrage wurde man denn auch einig. Sofort ver=
sammelte Sultan A'la-eddin alle seine Weisen und Aeltesten
des Reiches, aber von ihnen Allen war Keiner im Stande,
die Antwort zu geben. Sultan A'la-eddin gerieth in Zorn
und rief: So findet sich denn in diesem, meiner Herrschaft
unterworfenen Reiche kein Einziger, der Diesen Antwort ste=
hen könnte! und seufzte darüber. Da sprach Einer: Vielleicht
kann auf diese Fragen, die sonst Niemand zu lösen versteht, der
Meister Nasr-eddin Antwort geben. Sogleich ertheilte der
Kaiser Befehl, und an Nasr-eddin wurde ein Courier ent=
sandt. Der machte sich eiligst auf den Weg, traf den Mei=
ster und richtete ihm den Befehl seines Herrn aus. In der=
selben Stunde sattelte Nasr-eddin seinen Esel, nahm seinen
Stab zur Hand, bestieg den Esel, befahl dem Boten, ihm
voran zu reiten, und kam schnurgerade in den Palast Sul=
tan A'la-eddin's. Er stellte sich dem Herrscher vor, bot ihm
seinen Gruß und wurde wieder von ihm begrüßt und zum
Sitzen eingeladen. Der Meister setzte sich, segnete den Sul=
tan und sprach: Nachdem Ihr mich gerufen, was ist Euer
Befehl? Sultan A'la-eddin erzählte sein Anliegen, worauf
der Meister fragte: Was habt Ihr für Fragen? Es kam
nun Einer der Mönche hervor und sagte: Meine Frage,
edler Herr, heißt: Wo ist der Mittelpunct der Welt? Der
Meister stieg von seinem Esel ab, zeigte mit seinem Stab auf
den einen Vorderfuß des Esels und sagte: Sieh', der Mit=
telpunct der Welt ist die Stelle, auf welcher der Fuß mei=
nes Esels stehen geblieben. Der Mönch sprach: Woher weiß
man das? Der Meister antwortete: Wenn Du nicht daran
glaubst — wohlan so miß es; sollte irgend etwas daran fehlen,
so rede darnach. Es trat nun ein Anderer der Mönche vor

und fragte: Welches ist die Zahl der an diesem Himmel sichtbaren Sterne? Der Meister antwortete: Soviel mein Esel Haare auf sich hat, eben so viel Sterne sind es. Der Mönch fragte: Woher weiß man das? — „Wenn Du es nicht glaubst, so komm und zähle; findest Du einen Fehler dabei, dann erst rede." — Der Mönch sprach: He, laffen die Haare auf Deinem Esel sich zählen? Der Meister antwortete: He, und so viele Sterne, lassen die sich zählen? — Der Dritte der Mönche kam nun heraus und sagte: Wenn Du auf meine Frage Antwort zu geben weißt, so werden wir alle Drei uns bekehren lassen! Der Meister sprach: Rede und laß sehen! Der Mönch sagte: Wohlan, Meister, wie viel Haare hat dieser mein Bart? Darauf der Meister: Zähle; er hat genau so viel, als in dem Schwanz meines Esels sich finden. Der Mönch sagte: Woher weiß man das? Der Meister: He, liebe Seele, wenn Du es nicht glaubst, komm und zähle! Der Mönch wollte mit diesem Abkommen sich nicht einverstehen, der Meister aber sagte: Wenn Du nicht zufrieden bist, so komm, wir wollen immer Ein Haar aus Deinem Bart, und eines aus dem Schwanz des Esels pflücken und sehen, was herauskömmt. Der Mönch sah ein, daß dieses nicht anging und kam auf die Wege des Glaubens. Sogleich vereinigte er seine Gefährten, indem er sagte: Seht, ich bin bekehrt. So traten denn auch jene Beiden von Herz und Seele dem muselmanischen Glauben bei, und sie alle Drei wurden dem Meister verpflichtet.

71. Nasr-eddin legte eines Tages auf ein großes Kabaret drei Pflaumen und wollte sie dem Fürsten zum Geschenke bringen. Auf dem Wege rollten die Pflaumen hin und her. Der Meister rief: Hört auf zu tanzen, oder ich esse euch

gleich auf. Da die Pflaumen abermals tanzten, so aß er ihrer zwei, die eine übrige brachte er mit dem Kabaret und präsentirte sie dem Fürsten. Der freute sich über die vom Meister überbrachte Pflaume und schenkte ihm eine hübsche Summe. Der Meister, nach Hause gekommen, nahm einige Tage später ein Schock rothe Rüben, um sie wieder dem Fürsten zu bringen. Da begegnete er einem Menschen, der ihn fragte: Wem bringst Du dieses? Auf die Antwort: „Ich bringe es dem Fürsten," sagte der Andere: Wenn Du dem Fürsten statt dessen Feigen bringen wolltest, würde es noch willkommener sein. — Der Meister ging hin, nahm einige Pfund Feigen und brachte sie. Der Fürst gab sofort Befehl und ließ sämmtliche Feigen ihm an den Kopf werfen. Während man sie ihm an den Kopf warf, dankte der Meister laut Gott. Als man ihn fragte: He, Meister, wofür dankst Du denn? antwortete er: Ich wollte eine große Last rothe Rüben bringen; auf dem Wege hat mir Einer diesen andern Rath gegeben; hätte ich rothe Rüben gebracht, so wäre mir der Kopf zerschlagen worden.

72. Eines Tages ging der Meister wieder zum Fürsten; der nahm ihn mit zur Jagd, gab ihm aber ein kolleriges Pferd zu reiten; während des Jagens fing es zu regnen an, und ein Jeder machte sich mit seinem Pferde davon. Nur der Meister blieb, sein Pferd ging nicht vorwärts. Sofort zog er sich aus, bis er ganz nackt war, nahm seine Kleider unter sich, setzte sich oben drauf und blieb so sitzen. Nachdem der Regen sich vollständig gelegt hatte, erhob er sich, zog sich trocken an, und kam beim Fürsten an. Der Fürst rief: Was Wunder — Du kommst hier an, ohne naß geworden zu sein!? Der Meister antwortete: Dies war ein

ganz besonders scharfes Pferd, es hat mich im Flug getra=
gen, und ich bin so nicht naß geworden. Der Fürst ließ das
Pferd in seinen vornehmsten Stall bringen. Als er eines
Tages wieder auf die Jagd zog, ritt er das erwähnte Pferd,
den Meister ließ er aber ein anderes reiten. Auf Gottes
Zulassung regnete es wieder. Alles ritt davon, der Fürst
blieb mit jenem kollerigen Pferde zurück, sein Pelz wurde
durchnäßt, und er ärgerte sich baß ob der Rede des Mei=
sters. Des andern Tages ließ er den Meister rufen und
sagte ihm: Schickt es sich für Dich, daß Du durch Deine
Lügenrede mich auf Gottes freiem Felde vom Regen durch=
nässen läßt? Der Meister sagte zum Fürsten: Warum zürnst
Du, — hast Du denn gar kein Einsehen, daß Du, wie ich
die meinigen, so Deine Kleider auszogest, Dich darauf setz=
test, dann nach geendigtem Regen sie wieder anzogst und so
in's Trockne kamst?

73. Eines Tages ließ der Fürst dem Meister sagen, er
möge kommen, mit ihm auf den Pfeilplatz zu reiten und
Pfeilwerfen zu spielen. — Es hatte aber der Meister einen
alten Ochsen, den sattelte er, setzte sich darauf und ritt ihn
auf den Pfeilplatz. Als ihn die Leute erblickten, lachten sie
untereinander, und der Fürst sagte: He, Meister, warum
hast Du diesen Ochsen bestiegen? Der läuft nicht von selber.
Der Meister antwortete: Ich habe ihn, wie er noch ein Kalb
war, laufen sehen, ein Pferd wäre ihm nicht nachgekommen.

74. Eines Tages lud Timurlenk*) den Meister zu ei=
nem Gastmahle ein, um seinen Segen zu empfangen. Der
Meister bestieg seinen Esel, nahm seinen Amtscollegen mit

---

*) Starb 1404 n. Ch. —   D. Ueb.

sich und ging Timurlenk aufzusuchen. Er traf den Schach bei Hause und Timur-Schach ließ ihn bei sich niedersitzen. Der Meister bemerkte, wie Timur-Schach im Sitzen einen seiner Füße unter den Sopha streckte*) und streckte nun ebenfalls im Sitzen einen seiner Füße in eine Sopha-Ecke aus. Als Timur-Schach wahrnahm, daß der Meister gleich ihm selbst einen seiner Füße ausgestreckt hatte, sprach er zu sich selber: Wenn ich das so mache, so habe ich eine Entschuldigung dafür, und bin am Ende ein Herrscher. Er sagte zum Meister: Wodurch unterscheidet Dein Benehmen hier sich von einer Eselei? Der Meister erwiederte: Mein Herrscher, durch diesen Sopha, auf dem wir sitzen. Der Fürst wurde noch mehr erzürnt, und wollte dem Meister eine besonders starke Unbill zufügen. Eben kam das Mahl und sie fingen zu essen an. Auf einmal beschnaubte Timur geflissentlich den Meister. Als dieser sah, was Timurlenk gethan, sagte er: Mein Herrscher, ist es nicht eine Schande, so etwas zu thun? Der antwortete: In unserm Lande ist das keine Schande! Da ließ der Meister einen Wind gehen. Timur bemerkte es und rief: Schämst Du Dich nicht? Der Meister aber erwiederte: In unserm Lande zählt das für keine Schande. Damit war man mit dem Mahle fertig geworden. Es wurde noch Schorbet gereicht, sodann erhob man sich. Auf dem Heimwege fragte den Meister sein College: Warum hast Du in Gegenwart Timur's einen Wind gelassen? Der Meister gab ihm zur Antwort: Wenn der Imam f..zt, so sch..ßt die Gemeinde.

---

*) Timur hinkte an einem Bein.　　　　　　　　A. d. Ueb.

75. Eines Tages ließ der Meister eine Gans abkochen und brachte sie dem Herrscher. — Auf dem Wege dahin bekam der Meister Hunger, riß ihr einen Schenkel aus und aß ihn. So kam er vor den Herrscher und stellte ihm die Gans vor. Als Timurlenk sie gesehen, ärgerte er sich an dem Gedanken, der Meister macht sich über mich lustig, und sagte: Wo ist ihr anderer Fuß hingekommen? Der Meister antwortete: Die Gänse in unserm Lande haben nur ein einzig Bein. Wenn Du es nicht glauben willst, sieh', so betrachte Dir dort die an dem Brunnen stehenden Gänse. Im Augenblicke befand sich an dem Brunnen eine Schaar Gänse und sie alle standen auf Einem Beine. Timur gab sofort Befehl, daß alle Tambours auf einmal lostrommeln sollten. Als nun die Trommler mit dem Trommelstock zu pauken anfingen, bekamen die Gänse sogleich zwei Beine. Timurlenk rief: Hast Du gesehen! nun sind sie Alle zusammen zweibeinig geworden. Der Meister erwiederte: Wenn Du jenen Stock kriegen solltest, würdest Du vierbeinig werden.

76. Wie der selige Meister Richter war, kamen einst zwei Leute zu ihm. Der Eine sprach: Dieser Mensch hier hat mich in's Ohr gebissen. Der Andere entgegnete: Ich habe ihn nicht gebissen, er hat sich selbst in's Ohr gebissen. Der Meister sagte: Kommt ein wenig später und ich will Euch Bescheid geben. — Die Beiden gingen weg. Der Meister begab sich an einen einsamen Ort, packte sich am Ohre, und indem er dachte: sollte ich darein beißen können? zog er daran, bis er auf den Rücken fiel und sich dabei etwas am Kopf verwundete. — Sogleich band er sich ein Stück Tuch um den Kopf, ging zurück und setzte sich wieder auf seinen vorigen Platz. Alsbald kamen jene beiden Bursche wieder

und erzählten ihren Streit. Der Meister sprach: Beissen geht nicht, möglich, daß er sich den Kopf im Fallen verwundet!

77. Als der Meister einst um Mitternacht in seinem Hause im Bette lag, hörte er auf der Straße vor der Thüre einen Streit. Der Meister sagte: He, Weib, stehe auf, mache Licht, ich will mir das ansehen. Sein Weib entgegnete ihm: Mann, bleib ruhig auf Deiner Stelle; der Meister aber hörte nicht auf sein Weib, nahm seine Decke auf den Rücken und ging hinaus. Ein Kerl sah ihn, zog ihm schnell die Decke vom Rücken und lief davon. Den Meister fror es nun und er kam zitternd durch seine Thüre zurück. Als sein Weib ihn fragte: Herr, was war das für eine Art Streit? antwortete er: Was soll es sein? Der Streit war um unsere Decke; sie nahmen die Decke und damit war der Streit geschlichtet.

78. Eines Tages sagte zum Meister sein Weib: Warte ein wenig dieses Deines Knaben, ich habe ein Geschäft und will danach sehen. Der Meister nahm den Knaben sogleich auf den Arm; der aber bepißte von seinem Sitze aus den Meister. Sofort stand der Meister auf und bepißte das Kind vom Kopf bis zu den Füßen. Als sein Weib kam, rief sie: Ach, Meister, warum hast Du so etwas gethan? Der Meister erwiederte: Ei, Weib, hätte mich ein Anderer bepißt, ich würde ihn besch.ssen haben!

79. Eines Tages hatte des Meisters Frau den Oberrock (Kaftan) des Meisters gewaschen und im Garten aufgehängt. Darauf ging der Meister hinaus und sah, daß im Garten ein Mensch mit abgeschnittenen Händen stand. Er

sagte zu seiner Frau: Geh', Frau, bring' mir meinen Bogen
mit den Pfeilen. Die Frau brachte und gab ihn ihm. Der
Meister schoß sogleich den Pfeil ab und durchbohrte damit
den Kaftan, daß der Pfeil auf der andern Seite herauskam.
Dann schloß er die Thüre fest zu und legte sich nieder. —
Als es Morgen geworden war, ging er hin und sah, daß
der von ihm Getroffene sein eigener Kaftan gewesen. Er
setzte sich hin und schrie laut: Herr Gott, ich danke Dir;
wenn ich hier drinnen gewesen wäre, wäre ich nun längst
gestorben!

80. Als der Meister, seine Collegen hinter ihm, einst
zur Schule ging, setzte er sich verkehrt auf sein Maulthier
und ritt so dahin. Die Lehrer fragten ihn: He, Meister,
warum reitet Ihr so verkehrt? Der Meister antwortete:
Wenn ich geradeaus ritte, so würde ich Euch den Rücken
zukehren. Ginget Ihr vor mir, so hätte ich Euren Rücken
vor meiner Nase; es ist also das Beste, in dieser Weise zu
reiten.

81. Als der Meister eines Nachts im Bette lag, bemerkte er, daß auf seinem Hause ein Dieb umherging. Es
schlief aber neben dem Meister seine Frau. Der Meister
sagte: Höre Frau, als ich in der verwichenen Nacht in's
Haus zu kommen wünschte, habe ich dieses Gebet hergesagt
und bin darauf, indem ich am Mondstrahl mich festhielt,
herabgekommen. Der über ihm befindliche Dieb hörte diese
Rede des Meisters. Einige Zeit darauf sagte der Dieb das
vom Meister gesprochene Gebet her, umfaßte den Mondstrahl
und — fiel durch den Kamin herab. Der Meister aber war
noch nicht eingeschlafen, stand schnell von seinem Lager auf,
packte den Räuber am Kragen und rief seiner Frau: Schnell,

Frau, zünde ein Licht an, ich habe einen Dieb gefangen.
Der Dieb sagte hierauf: Gnade, lieber Meister! beeilt Euch
nicht, Euerm Gebet und meinem Witze zum Dank werde ich
hier eine gute Weile liegen bleiben.

82. Der Meister Nasr-eddin hatte einen alten Ochsen,
der besonders große Hörner hatte, dergestalt, daß man zwischen den beiden Hörnern sitzen konnte. So oft der Ochs
von der Heerde kam, dachte der Meister sich: Wie wäre es,
wenn ich zwischen seine Hörner mich setzte. Als eines Tages der Ochs vor das Haus kam, und sich niederlegte, sagte
der Meister: Ich habe nun Gelegenheit gefunden, kam her-
bei, stieg zwischen die zwei Hörner hinein und setzte sich dort
nieder. Auf einmal erhob der Ochs sich auf seine Füße und
warf den Meister auf die Erde, daß ihm die Besinnung aus
dem Kopfe fuhr und er einige Zeit liegen blieb. Seine Frau
kam und sah den Meister ohne Besinnung im Kopfe daliegen. Kurz darauf bemerkte der Meister, daß seine Frau an
seiner Seite weine. Er sprach: He, Frau, weine nicht! ich
habe viel Schmerz ausgestanden, aber laß das, ich habe
doch meinen Wunsch erreicht.

83. Eines Tages kam in des Meisters Haus ein Dieb;
seine Frau sagte ihm: Ach, Alter, ein Dieb ist hier. Der
Meister aber antwortete ihr: Sei ganz still, vielleicht hätte
er etwas gefunden, das ich ihm dann aus der Hand genommen hätte.

84. Eines Tages sagte zum Meister seine Frau: He,
Alter, lege Dich ein wenig seitab. Der Meister stand auf,
nahm sogleich seine Schuhe in die Hand, ging zwei Tage
hindurch und begegnete endlich einem Menschen; dem sagte

er: Geh' hin zu meiner Frau und frage, soll ich noch weiter gehen, oder ist es genug?

85. Als eines Nachts der Meister mit seiner Frau schlief, sagte er auf einmal: Hollah, Weib! steh' auf und zünde ein Licht an, es ist mir ein Vers eingefallen, den will ich niederschreiben. Die Frau stand auf, machte Licht und brachte Feder und Schreibzeug. Der Meister schrieb. Als ihm die Frau sagte: Liebe Seele, mein Herr, lese Dein Geschriebenes, antwortete er: „In Mitten grünen Laubes ging ein schwarzes Huhn mit rothem Schnabel.“

86. Eines Tages wurde der Meister krank. Da kamen einige Weiber, um nach seinem Befinden zu fragen. Eine von ihnen sagte: Wenn Du mit Gottes Willen sterben solltest, mit welchen Worten sollen wir über Dir klagen? Der Meister antwortete ihr: Wenn ich sterben soll, so magst Du in den Worten: „er hat am Beischlaf sich nicht sättigen können“, über mir klagen.

87. So oft der Meister eine Leber nach Hause brachte, gab sie sein Weib ihrem Liebsten und setzte dem Meister, wenn er Abends nach Hause kam, eine Mehlspeise vor. — Eines Tages fragte er: He, Frau, ich bringe doch jeden Tag eine Leber mit, wo kömmt die jedesmal hin? Die Frau antwortete: Alle die Lebern stiehlt die Katze und frißt sie. Sogleich erhob sich der Meister, legte sein Beil in den Koffer und verschloß ihn. Sein Weib fragte: Vor wem verbirgst du das Beil? Der Meister antwortete: Vor der Katze verberge ich es. Das Weib sprach: Was soll die Katze mit dem Beile machen? Der Meister aber entgegnete ihr: Da die Katze auf die zwei Pfennig werthe Leber erpicht ist, sollte sie nicht das Beil auch nehmen, das vierzig Pfennige kostet?

88. Als eines Tages die Frau des Meisters in das Bad zu gehen begriffen war, hatte der Meister eben einiges Geld im Hause und verbarg es hinter der Frau in einer Zimmerecke. Sie aber hatte es im Gehen von der Thüre her gesehen. Da sagte der Meister: Laß uns annehmen, ich sei gestorben, — hier ist mein Nachlaß-Geld.

89. Eines Tages ging mit dem Meister seine Frau zum Wäschewaschen an den Rand eines Teiches. Indem sie dieselbe auf dem Waschplatze auskramten, legten sie die Seife dazu. Als sie eben mit der Wäsche beginnen wollten, kam ein Rabe, packte die Seife und flog davon. Des Meisters Weib kreischte: He, Alter, laufe nach, der Rabe hat die Seife mitgenommen. Der Meister aber erwiederte: Ach, Weib, lärme nicht, er ist von außen schmutziger als wir, er möge die Seife verwenden und sich waschen.

90. Eines Tages machten der Meister und seine Frau miteinander aus, eine jede Freitagsnacht der ehelichen Vereinigung zu pflegen, und seine Frau war mit diesem Abkommen zufrieden. Der Meister aber sagte: Ich habe vielerlei Geschäfte, wie wollen wir es anmerken? Die Frau erwiederte: An Freitags-Nacht werde ich immer Deinen Turban auf die Lagerstelle legen, daran wirst Du auch erkennen, daß Freitagsnacht ist. Der Meister fand es so gut. In einer Nacht aber, es war nicht Freitagsnacht, verlangte es sein Weib nach jener Vereinigung, und alsogleich legte sie den Turban auf die Lagerstelle. Der Meister sagte: He, Weib, Heute Nacht ist nicht Freitagsnacht! Die Frau meinte: Es ist freilich Freitagsnacht. Da erwiederte der Meister: In unserm Hause muß entweder die Freitagsnacht auf ihrem Platze bleiben, oder — ich bleibe auf dem Platze!

91. Eines Tages ging des Meisters Frau mit Nachbarsweibern zum Teich, um Kleider zu waschen. Indem war der Landvogt des Bezirkes auch in's Freie gegangen, kam in die Nähe der Weiber und besah sie sich. Des Meisters Weib sagte: Na, Mensch, was siehst Du hier? Der Vogt fragte: Wessen Frau ist diese? Eine erwiederte: Es ist des Meisters Nasr-eddin Weib. Des andern Tages ließ der Vogt den Meister kommen und fragte ihn: Ist die und die Frau die Deinige? Der Meister bejahte es. Der Vogt sagte ihm: Geh' hin und bringe sie mir her. Als der Meister fragte: Was willst Du mit ihr machen? antwortete Jener: Ich muß sie um Etwas fragen. Der Meister erwiederte: Komm Du und frage mich, ich will dann hingehen und wieder sie fragen.

92. Eines Tages fragte man des Meisters Knaben: Was ist ein Badlidjan?*) Der Knabe antwortete: Es ist das noch blinde Junge eines Farren. Der Meister rief: Seht, das ist sein eigenes Verständniß, ich habe es ihn nicht gelehrt.

93. Eines Tages fuhr eine Kutsche nach Spitzburg ab. Der Meister kam nackt aus seinem Hause, lief ihr nach, setzte sich auf und fuhr so mit. Als die Kutschenführer in die Nähe von Spitzburg kamen, schickten sie Nachricht in die Stadt: der Meister kommt eben dahier an. Die Leute kamen ihm denn auch entgegen und sahen den Meister nackt. Man fragte ihn: Meister, was bedeutet dieser Zustand? Der antwortete ihnen: Weil ich mich so gar sehr nach Euch gesehnt, habe ich vergessen meine Kleider anzuziehen.

---

*) Kolbenförmige Gemüsefrucht.   A. d. Ueb.

94. Obwohl des Meisters Kopf kahl war, ging er doch zu einem Barbier und ließ sich scheeren, zog dann den Beutel und zahlte einen Pfennig. In der folgenden Woche kam er wieder und ließ sich abermals scheeren. — Man präsentirte ihm den Zahlspiegel. Der Meister aber sagte: Mein Kopf ist ja kahl; ist so für zweimaliges Scheeren ein Pfennig nicht hinreichend?

95. Der Meister ging eines Tages mit einigen Leuten auf den Fischfang. Als sie das Netz in's Meer ausgeworfen, warf der Meister sich selber in's Netz. Die Andern riefen: Meister, was hast Du gethan? Er aber erwiederte: Ich habe mich selbst für einen Fisch gehalten.

96. Eines Tages sagten die Jungen des Viertels untereinander: Kommt, wir wollen den Meister auf einen Baum locken und ihm sodann seine Schuhe stehlen. Als die Jungen an den Fuß eines Baumes gekommen waren, sagten sie: Auf diesen Baum gelangt Niemand. Da kam der Meister her und sagte: Ich mag wohl hinaufsteigen. Die Andern erwiederten: Du kömmst nicht hinauf. Sofort schürzte der Meister sein Gewand am Gürtel auf und steckte seine Schuhe in den Busen. Als man ihn fragte: Meister, was machst Du auf dem Baum mit den Schuhen? erwiederte der Meister: Ich will für den Fall, daß ich von hier oben nach drüben einen Weg finden sollte, meine Schuhe bei mir bereit haben.

97. Eines Tages kam ein Mensch vom Dorfe und brachte dem Meister einen Hasen. Der Meister that dem Manne alle Ehre und Artigkeit, und gab ihm eine Suppe zu essen. Eine Woche später kam dieser wieder, und da der Meister es vergessen hatte, so begehrte der Mann, sein Gast zu

sein. Der Meister frug ihn? Wer bist Du denn? Der antwortete: Ich bin der Mensch, der Dir den Hasen gebracht. Der Meister nahm ihn wieder auf. Einige Tage darauf kamen einige Leute und luden sich zu Gaste; als sie der Meister fragte: Wer seid denn Ihr? sagten sie: Wir sind des Mannes, der den Hasen gebracht, Nachbarn. Wieder einige Tage später kam noch ein Trupp Leute, und als der Meister auch sie gefragt hatte: Wer seid Ihr denn? sagten sie: Wir sind Nachbarn der Nachbarn jenes Mannes, der den Hasen gebracht hat. Der Meister sagte: Seid mir willkommen, und setzte diesen eine Schüssel frischen Wassers vor. Als sie beim Anblick desselben fragten: Was ist das hier? antwortete er: Das ist Sauce von der Hasen=Sauce.

98. Eines Tages fand der Meister beim Pflügen eine Schildkröte, fing sie, band ihr einen Strick um den Hals und hing sie an seinen Gürtel. Die Schildkröte lärmte (?) und schrie (??), da sagte der Meister: Lärme nicht! du wirst nun auch das Pflügen lernen!

99. Als eines Tages der Meister Hochzeit machte, lud er Leute dazu ein. Seine Nachbarn kamen, fingen zu essen an, sagten aber zum Meister nicht: Komm und esse auch Du! Der Meister erzürnte sich darüber, ging hinaus und fort. Einige Zeit darauf suchten Jene den Meister, konnten ihn aber nicht finden. Sie zerstreuten sich nun, gingen nach ihm aus und fanden ihn endlich. Als sie zu ihm sagten: He, Meister, wohin gehst Du? antwortete er: Wer heute das Hochzeitsmahl gegessen, der mag auch das Hochzeits=bett besteigen!

100. Eines Tages hatte der Meister auf der Reise mit seiner Karawane Halt gemacht; man hatte alle Pferde zu=

sammengebunden und der Meister konnte des andern Morgens sein Pferd nicht mehr herausfinden. Sofort nahm er Pfeil und Bogen zur Hand und rief: Leute, ich habe mein Pferd verloren. Alle lachten über ihn und sonderten ihre Pferde aus. Der Meister sah zu, fand sein Pferd, und erkannte es sogleich für das seinige. In der Eile setzte er den rechten Fuß in den Steigbügel und stieg so auf's Pferd, wodurch seine Nase dem Kreuz des Pferdes zugekehrt war. Als man ihn fragte: Meister, warum reitest Du verkehrt auf dem Pferde, antwortete er: Ich sitze nicht verkehrt, vielleicht ist das Pferd ein Linkhand.

101. Unter des Meisters Schülern war ein Abyssinier, 'Hammed genannt. Eines Tages hatte sich der Meister mit Dinte begossen, und man fragte ihn: He, Meister, was ist das hier? Er antwortete: Unser Hammed versäumte sich für die Schule; in der Absicht, noch zurecht zu kommen, lief er, daß er schwitzte, und hat sich dann über mich ergossen.

102. Eines Tages bestieg der Meister den Predigtstuhl und sprach: Muselmanen, ich will Euch einen Rath geben: Sollte Einer von Euch einen Sohn bekommen, der hüte sich, ihn Ejjub (Hiob) zu nennen! Sie fragten ihn: Meister, warum das? Weil, antwortete er, durch Verdrehung der Leute leicht Ajib (Schande) daraus wird.

103. Eines Tages, als der Meister seine gesetzliche Waschung vornahm, reichte das Wasser nicht aus. Als er darauf sein Gebet anfing, stand er wie eine Gans auf einem Bein. Man fragte ihn: Meister, was machst Du da? Er aber antwortete: Dieser Fuß hat keine Waschung erhalten.

104. Eines Tages kam Jemand zum Meister und blieb bei ihm zu Gaste. Als sie Abends sich schlafen gelegt, löschte

einige Zeit darauf das Licht aus. Der Gast sagte: Meister, das Licht ist ausgelöscht; an Deiner rechten Seite finden sich Kerzen, gib eine her, daß wir sie anzünden. Der Meister sprach: Bist Du ein Narr geworden? Wie soll ich im Fin=stern meine rechte Seite erkennen?

105. Eines Tages fragten sie den Meister: Was ist Dein Horoskop? Er antwortete: Mein Horoskop ist ein Bock. „Ach, Meister, der Bock findet sich in keinem Horoskop." Der Meister erwiederte: Als ich noch ein Knabe war, ließ meine Mutter mir das Horoskop stellen; damals nannte man als mein Horoskop ein Zicklein. „Gut, Meister, aber ein Zicklein ist ein Böcklein und kein Bock." Der Meister sagte: O, Ihr Dummköpfe! seit jener Zeit sind es nun an 40 oder 50 Jahre her; ist das Böcklein noch kein Bock ge=worden?

106. Als der Meister zu Sivri-Hissar Prediger war, hatte er eines Tages mit dem Ortsvorstand Streit. Zufällig starb um dieselbe Zeit der Ortsvorstand und sollte begraben werden. Man sagte zum Meister: Kommt, Herr, und ordnet die Sache an. Der Meister erwiederte: Seht Euch um einen Andern um. Er liegt mit mir im Streite und wird meinem Wort nicht folgen wollen.

107. Eines Tages saßen zwei Leute ihren Häusern gegenüber in einer Bude und plauderten mit einander. In=dem kam ein Hund und hofirte in die Mitte der vor ihren Häusern liegenden Straße. — Der Eine sprach: Es ist nä=her an Deinem Haus. Der Andere entgegnete: Mensch, es liegt vor dem Deinigen; bringe Du es weg. Darauf stritten die Beiden mit einander und gingen endlich, da sie kein an=deres Mittel fanden, auf das Ortsgericht. Zufällig war an

*

jenem Tage der Meister zum Kadi (Richter) gekommen und saß bei diesem. Der Kadi sprach zum Meister: Verhandle Du den Proceß dieser Beiden. Der Meister sagte zu ihnen: Ist jene Straße nicht eine öffentliche Straße? Sie antworteten: Freilich wohl. „Ei, so kömmt jener Unflath weder Dir noch dem Andern zu; die Sache gebührt dem Kadi."

108. Eines Tages wurde des Meisters Kalb von einer Zauberei befallen, und rannte davon. Sogleich griff der Meister nach einem Stocke und fuhr auf den Ochsen los. Man fragte ihn: He, Meister, warum schlägst Du diesen? Was ist sein Vergehen? Der Meister sprach: Er trägt die ganze Schuld; hätte er es nicht gelehrt, was sollte ein gestriges Kalb verstehen?

109. Eines Tages begegnete der Meister in einem Hohlwege einem Hirten, der ihn fragte: Bist Du ein Rechtsgelehrter? Der Meister antwortete: Freilich! Der Hirt sagte nun: Schaue die, so hier liegen, sie Alle waren Deines Gleichen; ich habe ihnen Streitfragen aufgegeben und, wenn sie dieselben nicht lösen konnten, sie gewaltsam umgebracht. Komm vor's Erste, wir wollen mit Dir einen Vertrag eingehen. Bist Du der Lösung fähig, so will ich Dir die Frage sagen, bist Du es nicht, so will ich sie nicht sagen. Der Meister sprach: Wie heißt Deine Frage? Der Hirt antwortete: Wenn der Mond neu geworden ist, so ist er klein, dann wächst er und wird wie eine Scheibe. Fünfzehn Tage später nimmt er wieder ab, bleibt aber auch dann nicht gleich und wird wieder dünn, wie ein Zahnstocher. Was geschieht nun mit dem alten Monde? Der Meister antwortete: Eine solche Sache hast Du nicht gewußt? Jene alten Monde

schmiedet man und macht Blitze daraus. Siehst Du denn
nicht, wenn der Himmel donnert, wie viele, Schwertern gleich,
dort glänzen? Der Hirt antwortete: Brav, mein Rechtsge=
lehrter, — also habe auch ich es mir gedacht.

110. Der selige Meister Nasr-eddin besaß einiges Geld.
Eines Tages, da er sein Haus leer fand, grub er und ver=
scharrte das Geld an einem Ort. Dann ging er an seine
Thüre, sah sich um und sagte: Wenn ich ein Dieb wäre,
so wüßte ich das zu finden. Sofort nahm er es von dort
heraus und begrub es an einer andern Stelle. Wieder be=
unruhigte sich sein Inneres, er meinte: Auch das geht nicht
an; so ging er, — vor seinem Hause befand sich ein Hügel,
— in den Garten seines Hauses, schnitt sich dort eine Stange,
band das Geld in einem Beutel an die Spitze dieser Stange
und steckte die Stange in jenen Hügel. Dann ging er da=
von herab, besah sich das Ding und sagte: Der Mensch ist
kein Vogel, daß einer im Flug da hinauf käme, ich habe da
mir gut geholfen; damit ging er weg. — Ein Hurensohn
hatte den Meister beobachtet, stieg, als der Meister kaum
fort war, auf den Hügel, nahm das Geld herab und zu
sich, und schmierte an die Spitze der Stange ein wenig
Rindermist. Dann steckte er die Stange wieder an ihren
Platz, stieg herab und entfernte sich. Als der Meister sein
Geld brauchte, kam er an die Stange und sah, daß das
Geld ganz und gar fort war, und an seiner Stelle sich ein
wenig Rindermist befand. Da sagte er: Ich habe ausgespro=
chen: auf diese Stange kömmt kein Mensch herauf, von hier=
weg nimmt Niemand das Geld; wie ist nun auf die Spitze
derselben ein Rind heraufgekommen? Das ist fürwahr eine
kuriose Geschichte! Gott sei ihm gnädig!

111. Als eines Tages der Meister nach Hause ging, begegnete er auf dem Wege etlichen Schülern und sagte zu ihnen: Ihr Herren, heute Abends wollen wir in mein Haus gehen und Altvatersuppe essen, auch ein Weniges trinken. Die Schüler sagten: Recht schön! folgten dem Meister und kamen mit ihm in sein Haus. Dort lud er sie ein, einzutreten, und führte sie in seine Stube. Er selbst ging in's Innere*) und sagte: Höre, Frau, ich habe einige Gäste gebracht, laß uns ihnen eine Schüssel Suppe vorsetzen. Als die Frau antwortete: Ach, Herr, hab' ich denn Oel und Reis im Hause**), oder hast Du etwas mitgebracht, daß Du nun eine Suppe haben willst? erwiederte er ihr: Geh' Alte, und gib mir die Suppenschüssel! nahm dieselbe und ging sogleich zu den Herren hinein, zu denen er sagte: Meine Herren, nichts für ungut! wenn wir Oel und Reis im Hause gehabt hätten, so hätte ich in dieser Schüssel Euch Suppe aufgetragen.

112. Eines Tages ging der Meister zu Hause in die Vorrathskammer und legte sich dort nieder. Da kam des Meisters Tochter, um etwas zu holen, in die Kammer, und sah, daß ihr Herr Vater hinter einen Wasser-Ständer gekrochen war und sich dort verborgen hatte. Als sie ausrief: Ho, Vater, was machst Du hier? antwortete er: Was soll ich machen, ich möchte vor den Ränken Deiner Mutter mich auf fremden Boden salviren.

113. Als der Herr Nasr-eddin eines Tages in seinem Hause saß, klopfte Jemand an die Thüre. Der Meister rief

---

*) Siehe die Note 2 zu Nr. 57.   D. Ueb.
**) Richtiges Bild türkischer Armuth.   D. Ueb.

von oben herab: Was willst Du? Der Bettler antwortete: Komm hier herab. — Sogleich kam der Meister herunter und fragte: Was willst Du? — „Ich möchte ein Almosen," erwiederte der Andere. Da sagte der Meister: Komm mit herauf. Als der Bettler oben angekommen war, sagte Jener: Möge Dir Gott es geben! Als nun der Andere ausrief: Ja, Herr, warum hast Du mir das nicht unten gesagt? antwortete der Meister: Und warum hast Du mich, der ich hier oben war, nach unten gerufen?

114. Eines Tages war des Meisters Frau zum Gebären; sie saß einen und den andern Tag am Gebärstuhl und konnte nicht entbinden. Da riefen die Weiber von innen heraus: Herr, weißt Du kein Gebet, daß dieses Kind geboren werde? Der Meister antwortete: Ich kenne jetzt eine Arznei dafür; begab sich sofort eiligst zu einem Pfragner, kaufte einige Nüsse, brachte sie nach Hause und sagte: Geht Ihr weg von da. — Er ging nun hinein und schüttete die Nüsse unter dem Gebährstuhl aus, indem er sagte: Jetzt wird das Kind, wenn es erst die Nüsse gesehen, herauskommen, um damit zu spielen.

115. Eines Tages ließ die Frau des Meisters, um ihm eine Bosheit zu thun, die Suppe überflüssig lang kochen, und brachte sie, heiß wie sie war, auf den Tisch. Zufällig vergaß die Frau, daß sie so heiß war, nahm einen Löffel davon, und verbrannte sich damit sogleich den Schlund, daß ihr die Thränen von den Augen liefen. Der Meister fragte sie: He, Weib, was ist Dir geschehen? oder ist etwa die Suppe heiß? Die Frau antwortete: Ach nein, Herr, meine selige Mutter hat die Suppe sehr geliebt, dies ist mir eben in's Andenken gekommen, und deshalb weine ich. Der Meister

glaubte daran, nahm auch einen Löffel von der Suppe, ver= brannte sich ebenso den Schlund, und fing an zu weinen und sich zu krümmen. — Als sein Weib ihn fragte: Was ist Dir, warum weinst Du? gab er ihr zur Antwort: Ich weine darüber, daß Deine Mutter so unglücklich gewesen, eine Tochter wie Dich zu hinterlassen!

116. Eines Tages war des Meisters Frau zur Pre= digt gegangen, und hatte dort zugehört. Als sie nach Hause kam, fragte sie der Meister: He, Frau, was hat der Pre= diger gesprochen? Die Frau antwortete: Er hat gesagt, wer mit seinem ehrlichen Ehetheil eine Nacht in ehelicher Liebe sich vereinigt, dem baut Gott, der Höchste, in seiner Gnade ein Lusthaus. — Als die Beiden schlafen gegangen waren, sagte der Meister: Halt, wir wollen uns denn in Gottes Gnade ein Haus bauen, und sie schliefen miteinander. Ei= nige Zeit hernach sagte die Frau wieder: Ha, Meister, Du hast nun Dir ein Haus gemacht — beeile Dich, auch mir eins zu bauen. — Der Meister erwiederte: Für Dich ein Haus zu bauen, ist leicht; aber ich fürchte, daß Du sofort für Deinen Vater und Deine Mutter, und am Ende für jeden aus Deiner Verwandtschaft ein Haus wirst haben wollen, was den Baumeister erzürnen müßte; komm und gräme Dich nicht; Ein Haus ist genug.

117. Der Meister begegnete eines Tages einem Trupp Theologen, lud sie zu sich ein und brachte sie an seine Hausthüre. Dort sagte er ihnen: Bleibt Ihr ein wenig hier stehen, ich will hineingehen; damit ging er hinein und sagte zu seiner Frau: Geh' hin, und schaffe mir doch diese Kerle ab. Die Frau ging und sagte ihnen: Der Meister ist nicht nach Hause gekommen. Die Leute erwiederten: Was ist das

für eine Rede? Er ist zugleich mit uns gekommen. Die Frau rief: Er ist nicht gekommen! Die Theologen: Er ist freilich gekommen! und so fingen sie einen tüchtigen Streit an. Inzwischen hatte es der Meister von oben gehört, streckte seinen Kopf zum Fenster hinaus und rief: He, Ihr Leute, was macht Ihr für Streit? Vielleicht gibt es hier zwei Thore, so daß er bei dem einen herein und durch das andere hinaus gekommen ist!

118. Eines Tages wurde dem Meister ein Sohn geboren, und man sagte ihm: Zerschneide Du den Nabelstrang, Du hast eine gesegnete Hand. Der Meister sagte: Gern! zerrte mit der Hand am Nabelstrang und riß ihn aus; als davon ein Loch entstanden war und man ihm sagte: Ach, Meister, was hast Du gemacht? erwiederte er: Wenn es anders nicht angeht, — hoc ei ani foramini esto!

119. Des Meisters Sohn sagte eines Tages: Papa, ich weiß noch, wie Du geboren wurdest. Des Buben Mutter erzürnte darüber und sagte: Was plärrt da dieser Bastard! Der Meister entgegnete ihr: Ach, Frau, mache Du kein Geschrei! was ist daran? Der Knabe ist besonders gescheid, — es ist wohl möglich, daß er es weiß.

120. Einmal gab es in Sivri-Hissar einen brutalen Richter. Der lag eines Tages betrunken und schlafend im Weingarten. Der Meister war an jenem Tage mit seinem Schüler I'mad spazieren gegangen, und als sie in jene Gegend kamen, sahen sie, daß der Richter toll und voll getrunken da lag. Sogleich nahm ihm der Meister seinen Mantel und sie gingen hinweg. Indem der Meister den Mantel um seine Schultern legte, stand auf der andern Seite der Richter auf und sah, daß sein Mantel nicht mehr da war. Nach

Hause gekommen, gab er seinen Schergen Befehl: Seht Euch um meinen Mantel um; bei wem Ihr ihn finden mögt, den nehmt und bringt ihn vor mich. — Als nun diese den Mantel auf dem Rücken des Meisters sahen, verhafteten sie ihn und brachten ihn vor den Richter. Der Richter sprach: Ei, Meister, wo hast Du diesen Mantel gefunden? Der Meister antwortete: Ich war mit I'mad spazieren gegangen, da sahen wir auf einmal einen betrunkenen Studenten schla= fend daliegen. Cujus quidem posterioribus in propatulo stantibus, I'mad ei bis coivit; und ich habe den Mantel genommen und bin weggegangen. Sollte er der Deinige sein, so nimm ihn. Der Richter sagte darauf: Ach, bewahre, das ist nicht der meinige!

121. Eines Tages legte sich der Meister an den Rand eines Baches, um zu schlafen, und gab sich das Ansehen, als wäre er gestorben. Ein Mensch kam dorthin und rief: Sonderbar! Wo ist nur der Uebergang dieses Baches? da antwortete ihm der Meister: Als ich noch im Leben war, bin ich immer hier hinüber gegangen; aber ich weiß nicht, wo der Uebergang jetzt ist.

122. Den Meister rasirte eines Tages ein ungeschickter Barbier, der ihn mit jedem Messerzug in den Kopf schnitt und jeder geschnittenen Stelle Baumwolle aufklebte. Der Meister sagte zu dem Barbier: Holla, Mann! Du hast auf die eine Hälfte meines Kopfes Baumwolle gepflanzt, ich will nun auf die andere Leinsamen säen.

123. Eines Tages schlug man im Zeugenverhör den Meister zum Zeugnisse vor. Man begab sich zum Richter. Die Partei des Meisters behauptete: Weizen; der Meister gab sein Zeugniß für Gerste ab. Da hieß es: Hört, er sagt

Weizen! Der Meister antwortete: O Ihr Narren, einmal gelogen ist Weizen so gut, als Gerste!

124. Eines Tages ging der Meister zum Brunnen, um Wasser zu schöpfen; da sah er, daß die Mondscheibe sich im Brunnen spiegelte. Sogleich rief er: Ha, der Mond ist in den Brunnen gefallen, man muß ihn herausholen! nahm einen Strick und einen Haken zur Hand, ging hin und ließ sie in den Brunnen hinab. Der Haken verfing sich an einem Stein, der Meister zog, und als er seine Anstrengung verdoppelte, riß der Strick, und er fiel auf den Rücken nieder, daß er ge'n Himmel sah und den Mond am Himmel erblickte. Gott sei Lob und Preis, rief er, ich habe viele Plage gehabt, aber doch ist der Mond an seine Stelle gekommen.

125. Der Meister stieg eines Tages in Jemandes Garten auf einen Aprikosenbaum. Während er Aprikosen aß, kam der Eigenthümer und fragte: Meister, was machst Du hier? Der Meister antwortete: Ach meine Seele, siehst Du denn nicht, ich bin eine Nachtigall und singe auf dem Aprikosenbaum. Der Gärtner sprach: Gut, laß mich hören. Der Meister fing an, ein Liedchen zu singen; da lachte der Mann und sagte: Ist das hier auch ein Gesang? Der Meister antwortete: Eine ungelernte Nachtigall singt gerade so viel.

――――――

Man erzählt sich, daß der selige Meister, wie er in jedem Wissen bewandert und in allen Feinheiten vollkommen war; im Uebrigen, wenn seine Schüler ihn um seinen Unterricht ersuchten, ihnen denselben nur reichte, wenn sie erklärten: wir bleiben beim ersten besten Buche. Verlangten sie ein anderes Buch, so unterrichtete er sie nicht weiter. Einige behaupten, daß er mit dieser Lehrmethode der göttlichen Erleuchtung und aller Ehre theilhaftig geworden. Das Geheimniß seiner Lehre aber bestand eben im Angeführten.

Die Barmherzigkeit Gottes sei mit ihm — seine Barmherzigkeit und Gnade. —

Gedruckt im Jahre 1266 (Chr. 1849.)

II.

Räuber und Richter.

<hr>

Uebersetzt

von

Dr. Wilhelm Prelog.

<hr>

Vorwort.

Die vorliegende Geschichte vom Räuber und vom Rich=
ter ist eine der witzigeren und züchtigsten, die in den Kaffee=
häusern des Orients in den Nächten des Fastenmondes
(Ramazan's) zum Entzücken der Zuhörer aus allen Alters=
klassen erzählt werden. —

Den Eingang verdanke ich einer Abschrift, die ein
berühmter Orientalist von einer persischen Handschrift der
Hamburger Stadt = Bibliothek genommen; — alles Uebrige
ist aus dem Türkischen, wie dieses seit Jahren der Stein=
druck-Ausgabe von Meister Nasr-eddin's Schwänken als
Saum für jede Seite beigeschrieben zu werden pflegt. —

Konstantinopel im März 1855.

Dr. W. Prelog.

Notiz.

Im Begriff, dieses Werkchen der Oeffentlichkeit zu über-
geben, habe ich den tiefen Schmerz, hiermit zugleich den
während des Drucks erfolgten Tod meines unvergeßlichen
und einzigen Freundes Dr. W. Prelog, der am 9. Mai
im französischen Offiziers-Spital zu Pera am Typhus ver-
storben, dem Publicum anzuzeigen.

Es sei mir vergönnt, für das Andenken dieses gelehrten und edelherzigen Mannes hier einzig das anzuführen,
was in einer Correspondenz-Notiz über seinen Tod in der
„Oftb. Post" vor einigen Wochen mit voller Wahrheit von
ihm gesagt worden: —

„Er war an Charakter, wie in der Freundschaft im
corrupten Orient ein weißer Rabe geblieben." —

Konstantinopel im Juni 1855.

Wilh. v. Camerloher.

Geschichte vom Räuber und vom Richter.

***

Im Namen Gottes des Barmherzigen, des Allmilden!

Man erzählt, daß unter der Regierung Harun's des Gerechten — die Barmherzigkeit Gottes sei über ihm — in der Stadt Bagdad ein Richter lebte, mit aller Wissenschaft und Frömmigkeit ausgeschmückt, und in seiner Amtsführung so unbescholten, daß die ganze Bevölkerung der Stadt mit ihm zufrieden war.

Als er eines Abends in einem astrologischen Buche las, daß der Profet — Heil sei über ihm — gesagt: „Der Schlaf ist der Bruder des Todes", zwang er sich, nicht zu schlafen, denn Gebete seien nothwendiger.

Ebenso las er eine andere Stelle, die lautet: „Der Herr der Herren, der Fürst der Erschaffenen, der Gebieter der Geschöpfe, der Oberste und Letzte der Propheten, Mohammed, der Gesandte Gottes — Heil und Segen über ihn — sagt: „Jagdliebhaber, verrichte Dein Gebet in Gärten und Weingärten."

Da sprach er zu sich selbst: „Dies ist mir nützlicher, als im Harem zu schlafen; ich will im Weingarten beten,

5

damit der Geist des Fürsten der Profeten — Heil sei über ihn — mich gegen Verleumbung schütze." Er hatte einen Weingarten, der außerhalb der Stadt lag, mit jungen Bäu= men und blühenden Gewächsen aller Art geschmückt, weit ausgedehnt und von einem Flusse durchströmt war — ein angenehmer Platz; er machte eine Abwaschung, reinigte sich, zog einen egyptischen Panzer an, setzte einen kufischen Tur= ban auf, und befahl seinem Diener, ihm sein Pferd in Be= reitschaft zu setzen, bestieg es um 1 Uhr nach Sonnenunter= gang und zog allein, ohne einen Diener mitzunehmen, aus. Die Nacht war finster, und als er eine Strecke Weges zu= rückgelegt hatte, dachte er bei sich selbst: „Wie verlegen würde ich, wenn ich Räubern in die Hände fiele, sie würden mich ganz leicht ausplündern!"

Es hatte aber ein Räuber dem Richter aufgelauert, und war ihm unter dem Vorwande der Jagd näher gekommen; er ritt einen egyptischen Esel und war zierlich gekleidet. Als er den Richter erblickte, sprach er zu sich selbst: „Was hat der Richter mitten in der Nacht hier zu thun, daß er so weit ausgegangen?" griff nach seinem Schwerte, zog es aus der Scheide, ging auf den Richter los, packte den Zügel des Pferdes, und rief unerschrocken und laut: „Richter, halt, stehe!"

Der Richter. Ei, Jüngling, warum überfällst Du mich? — fürchte Gott und laß mich ziehen!"

Der Räuber. Fürchtete ich Gott nicht, so hieb' ich Dich auf der Stelle mit dem Schwerte entzwei; aber eile, ziehe Deine Kleider aus, und gib sie mir, ich habe noch Geschäft und muß fort, noch Einen Deines gleichen auszuplündern. Ich lau= erte hier auf Beute; eine bessere als Dich gibt es hier nicht, es wäre unvernünftig, Dich ziehen zu laſſen; um Mitternacht mit Beute nach Hauſe zu kommen, iſt zollfrei; alſo ziehe ſchnell Deine Kleider aus und gib ſie mir."

Richter. „Wackerer Jüngling, komm, laß mich frei."

Räuber. Ich habe mit Klugheit gelauert, und was auf Klugheit geſtützt, nimmt einen guten Ausgang; unkluge Unternehmungen gelingen nicht. Ich bin im Vertrauen auf Gottes Fügung hierher gekommen, und habe eine Beute, Dich gefunden. Siehe, wie Gottes Fügung zu glücklichem Ende führt. Nun, ſag' mir aufrichtig, wer biſt Du? Du haſt keinen Reiſegefährten, — wohin gehſt Du ſo allein? was haſt Du zu thun?

Richter. Ich wollte in meinen Weingarten gehen, um dort das Gebet zu verrichten, und habe den Weg verloren.

Räuber. Weißt Du nichts von Aſtronomie, den zwölf Zeichen des Thierkreiſes, ihren Graden und Stellungen, daß Du den Weg verloren?

Richter. Der Profet — Heil ſei über ihm — hat dies verboten, indem er ſagt: „Wer an die Sterne glaubt, iſt ein Ungläubiger."

Räuber. Willſt Du mit einem Verſe der Ueberliefe-rungen 7 Verſe des Korans leugnen?

Richter. Welches ſind jene 7 Verſe des Korans?

Räuber. Der erſte Vers — Gott der hohe hat ihn im verehrten Koran gegeben — iſt: Wahrlich, es wird ge-ziert der Welthimmel durch der Sterne Schmuck.

Der zweite: Wir haben am Himmel Thürme (Sterne) gebaut; ſicher ſind ſie am Himmel nützlich angebracht.

Der dritte: Die Vertheilung der Sterne iſt keine zu-fällige.

Der vierte: Weise sind die Geschicke in den verschiede=
nen Fällen der Sterne.

Der fünfte: Die Schauwarte des Geschickes ist in den
Sternen.

Der sechste: Der Mond und die Sterne sind auf Got=
tes Befehl angebracht.

Der siebente: Der Mond macht die ihm angewiesenen
Stationen, und hat die ihm bestimmten alten Stellungen.

Wer einen dieser Verse leugnet, der ist ein Ungläubi=
ger; mach' schnell, steig' vom Pferde, zieh' Deine Kleider
aus, gib sie mir und lebe wohl!

Richter. Ei, Jüngling! da Du in der Astronomie so
bewandert bist, so sage mir, ob diese Stunde eine unglück=
liche oder glückliche ist?

Räuber. Der Mond ist im Skorpion, 2 Grade, 5
Minuten und 8 Secunden, und Mars im Viertel und Räu=
bern günstig, um Raub und Straßenraub zu begehen und
Leute auszuplündern; aber Richtern, Koranslesern, Predi=
gern und Gebetausrufern ist es gerathen, jetzt auszugehen;
doch, mach' schnell, steig' vom Pferd, ziehe Deine Kleider
aus und gib sie mir!

Richter. Mein Theuerer, ich handle nach den Worten
des Profeten. — Ich bete gern in Weingärten und Gärten.

Räuber. Ei, Richter! warum handelst Du nicht nach
dem Ausspruche: „Zuerst einen Gefährten und dann auf
den Weg!“ Hättest Du jetzt einen Gefährten oder Diener,
so hätte ich mich gehütet, Dir entgegen zu treten, ich hätte
keine Gewalt über Dich; doch, mach' schnell, ziehe die Klei=
der aus und gib sie mir, ich habe keine Zeit.

Richter. Du Unverschämter! hat der Profet — Heil sei über ihm — nicht gesagt: „Muselmann ist, wer Muselmänner in That und Wort schützt!" was bist Du für ein Gläubiger? für was soll ich Dich halten?

Räuber. Der hohe Gott sagt: „Am jüngsten Gericht werden Eure Hände und Füße ihre Missethaten bezeugen!" also werden Deine Hände und Füße zeugen, denn Du bist durch Deine Füße mir zur Beute geworden; mach' schnell und gib mir Deine Kleider, ich habe keine Zeit!"

Richter. Es betrübt mich, daß der Teufel die Menschen quält.

Räuber. Wenn ich ein Teufel bin, so bist Du ein Ungläubiger, denn es heißt: „Ich habe den Teufel über die Ungläubigen gesendet, und sie quälen dieselben."

Richter. Schäme Dich vor Gott, denn der Profet sagt: „Wer keine Schande hat, hat keinen Glauben."

Räuber. A'li — Gottes Segen sei mit ihm — sagt: „Wer sich schämt, gewinnt nicht einmal das tägliche Brod." Wenn ich mich vor Dir scheute und schämte, plünderte ich Dich nicht aus, ließe meine Beute aus der Hand; zieh' also schnell Deine Kleider aus und gib sie mir, und ich lasse Dich ziehen. Bettler können sich nicht schämen, ja, wenn sie könnten, würden sie allen Leuten das Geld aus den Händen nehmen. Ueberdies bist Du ein größerer Bettler als ich; Du nimmst den Leuten das Geld ab, indem Du sagst, daß es für Taxe, für Richtersprüche, für Urkunden, und ich weiß nicht wofür ist, und plünderst alle Welt aus; ja, dies genügt Dir nicht — Du gibst Allem den Anschein von Gesetzlichkeit. Jetzt will auch ich auf gute Weise, nach Regeln, den Aussprüchen und Ueberlieferungen des Korans gemäß,

Dich schön ausplündern, und dies mit dem Schleier der
Gerechtigkeit bedecken.

Richter. Der Profet — Heil sei über ihm — sagt:
„Die Gelehrten sind die Erben des Profeten!"

Räuber. Wenn Du Erbe des Profeten bist, bin ich
ein Liebling Gottes, denn der Profet — Heil sei über ihm
— sagt: „Die Leser des Korans sind die Vertrauten Got=
tes," und ich weiß die 7 Lesearten des Korans auswendig.

Richter. Welche sind diese?

Räuber. Des hohen Gottes Engel Gabriel — Heil
sei mit ihm — hat sie durch unsern Profeten Mohammed —
Heil sei mit ihm — seinem Volke mitgetheilt und sie heißen:

Die A'mrus, Kosai's, Nafi's, Hafzi's, Rud's, Hamza's
und Sahawendi's.

Der Richter war erstaunt, daß der Räuber bewandert
war, wie ein Gelehrter, und sprach: Unverschämter! Du bist
ein Bote des hohen Gottes, warum quälst Du mich? über
die Unterdrücker kommt der Fluch Gottes.

Räuber. Der Ungerechte bist Du, der Du Deinem
Leben Unrecht anthust, indem Du um Mitternacht ausgehst.

Richter. Theurer, wenn Du mich diese Nacht nicht
ausplünderst, will ich des Nachts und allein nie mehr aus=
gehen. Ich bereue dieses, und der hohe Gott wird Dir's ver=
gelten; denn er sagt: Ich gewähre Lohn und Strafe!

Räuber. Es ist wirklich so, aber der hohe Gott hat
mir Beute gegeben, und die Gelehrten sagen geradezu:
„Auch Verbotenes ist Gewinn." Also ziehe Deine Kleider
aus und gib sie mir, der Morgen nahet.

Richter. Unverschämter! fürchte Gott, der Dich spät,
aber fest packen wird, wie's im Koran geschrieben.

Räuber. So wie es Dir spät eingefallen ist, des Nachts auszugehen, eben so ist es mir spät in den Sinn gekommen, Dich zu packen; also mach' schnell, ziehe Deine Kleider aus, gib sie mir, ich habe keine Zeit.

Richter. Beobachte den Satz der Ueberlieferung: „Erbarmt Derer, die auf der Erde sind, und es wird sich Euer Der im Himmel erbarmen."

Räuber. Wenn ich mich Deiner erbarmte, würde der hohe Gott sich meiner nicht erbarmen, denn Du bist reich und ich bin arm, wie könnte ich mich Deiner erbarmen und Dich entlassen? Also mach' schnell, ziehe Deine Kleider aus und gib sie mir, ich habe keine Zeit.

Richter. Unverschämter! denke an den Vers: „Der Himmel gibt auch in jedem Zustande des Lebens Nahrung", also, wenn Du nicht reich bist, erhältst Du etwa keine Nahrung?

Räuber. Der hohe Gott sagt richtig, wie Du gesagt; aber er sagt auch: „Wir theilen ihnen die Nahrung aus"; mein Antheil ist Räuberei.

Richter. Frecher, gedenke des Verses, den Gott ausgesprochen: „Die Gelehrten und die Unwissenden sind nicht gleich!"

Räuber. Ich bin ein Gelehrter, Du ein Unwissender — Du sammelst Geld — ich raube und trage es zusammen. Was weißt Du, Du bist ein Erzunwissender, begehst Unwissenheit auf Gefahr Deines Lebens, indem Du um Mitternacht ausgehst und mir in die Hände fällst. Du würdest in Bagdab Richter sein, wenn Du wüßtest, was der Profet sagt: „Der Schlaf des Gelehrten ist Gottesverehrung, und der Vorsatz eines Gläubigen ist besser, als das Werk."

Richter. Beraub mich nicht, o Bösewicht!

Räuber. Jetzt ist mir geboten, Dich ganz auszuziehen und das Pferd wegzunehmen, denn Du nennst mich einen Bösewicht und es heißt doch: „Gott erschafft keinen Böse= wicht, ihre Thaten machen sie zu solchen; also mach' schnell, ziehe Deine Kleider aus und gib sie mir, ich habe keine Zeit.

Richter. Ich habe eine Frage an Dich.

Räuber. Laß sie hören.

Richter. Du gehst einsam in der Wüste, — fürchtest Du nicht, daß Dich Jemand in Deiner Wohnung erkenne und der Räuberei beschuldige?

Räuber. Was mit Ueberlegung und Recht geschieht, führt zu gutem Ende; ich befrage früher die Gestirne und sehe darauf, daß Jupiter und Jungfrau nicht zusammentref= fen, daß Sonne und Mond unsichtbar seien, — dann gehe ich aus dem Hause, und alle Menschen sind meine Freunde, und wenn es Tag wird, kennt mich Niemand, Keiner nennt mich Räuber. Also mach' schnell, ziehe Deine Kleider aus und gib sie mir, ich habe keine Zeit.

Richter. Ich habe noch eine Frage.

Räuber. Sprich, laß sie hören.

Richter. Du bist gewöhnlich in der Wüste, fürchtest Du Dich nicht vor Teufeln und vor Geistern?

Räuber. Ich habe alle Zauberbücher gelesen und kenne alle Hexengebräuche und Sprüche genau, damit besiege ich Jeden; während Dir Niemand gehorchen würde; — also mach' schnell, ziehe Deine Kleider aus und gib sie mir, ich habe keine Zeit.

Richter. Der Profet — Heil sei über ihm — sagt: „Fürchte das Gebet der Unterdrückten, auch wenn sie Ungläubige wären."

Räuber. Der hohe Gott schafft oder zerstört, was er will, zerstört, was er gemacht, er hat die Macht — und der Profet — Heil sei über ihm — sagt: „Die Feder dient zum Schreiben, man schreibt eine Weile und läßt es bleiben; also mach' schnell, ziehe Deine Kleider aus und gib sie mir, ich habe keine Zeit.

Richter. Unverschämter! der hohe Gott sagt: „Thut Erlaubtes, enthaltet Euch des Unreinen."

Räuber. Ich will Dir Deine Kleider und Dein Pferd nehmen, denn Du gehörst offenbar zum Reinen, und da Du mir von selbst entgegen gekommen bist, so ist meine That noch reiner.

Richter. Du läßt von der bösen That nicht ab, und erbarmst Dich des Unglücklichen nicht?

Räuber. Du hast eine böse That begangen und bist unglücklich, weil Du mich einen Bösen nennst, und Dich selbst für gut hältst, während ich auf den hohen Gott vertraue. Doch viel zu reden ist nicht gut; ziehe Deine Kleider aus und ich bin zufrieden.

Der Richter war nun in die Enge getrieben, und ohne Macht, ließ Verse des Korans und Ueberlieferungen bei Seite, stieg vom Pferd und sprach: Bösewicht, komm in meinen Weingarten, dort ziehe ich alle meine Kleider aus und gebe sie Dir und noch ein Geschenk dazu.

Räuber. Ei, Richter, Du willst mich listig in Deinen Weingarten bringen und dann Deinen Häschern befehlen, mich zu packen, zu fesseln und nach dem Gesetze zu prügeln, oder Du wirst ein Urtheil fällen, und mir einen Arm abhauen lassen, denn „dem Räuber muß man gesetzlich die Hand abhauen," aber das Gesetz befiehlt auch: „Nimm Dich

vor dem Verderben in Acht", ich gehe nicht in den Wein=
garten, ich bin dessen nicht würdig, und es ist gefährlich.

Richter. Jüngling, Du hast Dich im Weingarten vor
nichts zu fürchten, ich schwöre es Dir, und ich gebe Dir
alle meine Kleider und noch ein Geschenk dazu.

Räuber. Aus Noth zu schwören, zieht keine Buße
nach sich.

Der arme Richter war durch die Antworten des Räu=
bers geschlagen, stieg vom Pferde, zog alle seine Kleider aus
und gab sie dem Räuber, nur das Hemd behielt er.

Räuber. Richter, hast Du noch Hemden zu Hause?

Richter. Ja.

Räuber. Unser Profet — Heil und Segen sei über
ihm — sagt: „Wer zwei Hemden besitzt, kann die Süßig=
keit des Glaubens nicht kosten."

Richter. Mein theurer Bruder, die Zeit des Morgen=
gebetes ist gekommen, wie soll ich es ohne Hemd verrichten?

Räuber. Des hohen Gottes Profet — Heil sei über
ihm — sagt: „Es ist erlaubt, auch — und ohne Hemd zu
beten" — auch Unterhosen allein genügen.

Der arme Richter zog sein Hemd aus, und gab es
ebenfalls hin, und war nun, kurz gesagt, ganz nackt; nur
hatte er noch einen Diamantring am Finger; als der Räu=
ber diesen sah, sagte er: Gib auch den Ring her, ich bin
wie ein Bettler zu Deiner Thür gekommen, verstoß mich
nicht, denn der Profet sagt: „Verstoß den Bettler nicht, auch
wenn er ein Ungläubiger wäre."

Der arme Richter sah, daß der Räuber nicht ohne den
Ring weggehen wollte, gab auch den Ring hin, mit den

Worten: „Da haſt Du ihn, Du Aſtronom, Gelehrter, Ko=
ranslehrer, Richter und Böſewicht. Gott vergelte es Dir."

Der Räuber nahm die Kleider und den Ring, zog ſie
an, gürtete ſich, beſtieg das Pferd und fragte den Richter:
Hab ich von Dir die Sachen mit Recht erhalten oder nicht?

Der arme Richter antwortete: Nach Bebuinen=Recht.

Der Räuber ließ den Richter los und machte ſich auf
und davon.

Als der Richter dies ſah, war er voll tauſend Sorgen
und Aengſten bedrängt, drehte ſich um, und machte ſich auf
den Weg nach Hauſe. — Als die Diener ihm öffneten und
ihn nackt ſahen, fragten ſie ihn um die Urſache davon, er
gab ihnen aber keine Antwort, zog andere Kleider an, betete
eins, fiel nieder und ſchlief ein.

Früh des Morgens kamen die Diener und meldeten:
Gebieter, es iſt unten am Hausthore ein Mann, er ſitzt
auf Eurem Pferde, hat Euere Kleider angethan, Euere Mütze
auf, Euer Kleid an, Euern Ring am Finger und ein Buch
in der Hand; er hat uns befohlen, Euch zu ſagen, daß Ihr
hinabkommen, und ihn wie Euern Gebieter begrüßen ſollt."

R i c h t e r. Himmel! Hütet das Thor, öffnet es nicht,
dieſer Menſch hat ohne Buch mich heute Nacht ausgezogen,
jetzt iſt er mit einem Buche gekommen, um mir die Richter=
ſtelle Bagdad's wegzunehmen.

Die Richterin. Ei, Mann, was iſt Dir zugeſtoßen?
Du biſt des Landes Richter und weißt einem Räuber nicht
Antwort zu geben?

R i c h t e r. Weib, halte dieſen Menſchen nicht für einen
gewöhnlichen, vor ihm muß man ſich hüten, denn ich fürchte,
daß er hierher gekommen, mich für ſeinen Sclaven, Dich

für seine Haremsmagd zu erklären und uns sammt unsern Kindern zu Markte zu führen und zu verkaufen.

In diesem Augenblicke gab der Meister dem Pferde die Sporen und ritt ohne Erlaubniß zum Thore hinein, stieg vom Pferde und setzte sich ober dem Hausherrn nieder, ohne ihn zu grüßen.

Richter. Bösewicht, Du hast mir heute Nacht Klei= der, Pferd und Ring genommen, und kömmst ohne Erlaub= niß herein und grüßest mich auch nicht.

Räuber. Es gibt dreierlei Grüße; — den der Furcht, der Habgier, der Freundschaft; ich komme mit dem Letzten.

Richter. Was hast Du hier zu thun? — Fürchtest Du nicht für Deinen Kopf?

Räuber. Ali — Gott sei mit ihm — sagt: „Wer mich nur einen Buchstaben lehrt, dem werde ich Sclave; nun ich Dich diese Nacht so viele Stellen und Ueberlieferungen des Korans gelehrt, bin ich Dein Gebieter, Du mein Sclave. Ich bin jetzt gekommen, mit Dir auf gute Weise in näheres Verhältniß zu treten, und wieder fortzugehen; widersetzest Du Dich, so werde ich Dich für meinen Diener, meinen Scla= ven erklären, es mir nach Recht bestätigen lassen, und Dich sammt Kindern und Dienern zu Markte führen und ver= kaufen, denn ich hatte Dich durch meine Wissenschaft ge= schlagen.

Gedicht:

'S ist nicht betrübend, wenn die Welt vergeht,
    Der Glaube besteht;
Betrübend ist es, wenn der Glaub' vergeht,
    Die Welt besteht. —

Während sie in Gesellschaft saßen, setzte man dem Rich=
ter eine Gans, drei Hühner und fünf Eier gebraten vor,
er legte sie dem Räuber hin und sagte: Des Nachts Men=
schen auszuplündern ist kein Verdienst; ein solches ist es,
dies Alles auf eine passende Weise auszutheilen!

Der Räuber schaute sich um, sah, daß der Richter ein
Weib, zwei Kinder und zwei Diener hatte, riß den Kopf
der Gans ab, und legte ihn dem Richter hin, den Hals
gab er der Richterin, die Flügel den Kindern, die Füße den
Dienern, und den Rumpf zog er sich zu.

Richter. Bravo, Erzbösewicht, was ist dies für eine
Vertheilung?

Räuber. Sie ist eine nach Regel und Gesetz. — Du
Landesrichter bist das Haupt — und Dir gebührt der Kopf;
was Dein Weib betrifft, so bist Du ihr Geliebter, sie beugt
Dir den Nacken, ihr gebührt der Hals, ich habe ihn ihr also
gegeben; die zwei Kinder sind Deine Flügel, ihnen gab ich
also die Flügel; Deine zwei Diener sind Tag und Nacht
vor Dir auf den Füßen, ihnen gebühren die Füße der Gans.
— Was mich betrifft, ich bin fremd, Niemand gehört mir,
also muß der Rumpf der Gans mir gehören, denn ich habe
weder Weib noch Kinder, noch Diener — ich bin ein Mensch
ohne Arme, Flügel und Füße.

Der Richter war sehr erfreut und hieß ihn auch die
drei Hennen austheilen.

Der Räuber schaute sich um, sah, daß die Kinder und
die Diener weggegangen waren, gab eine Henne der Rich=
terin und die zwei andern sich selbst.

Richter. Was ist dies für eine Vertheilung?

Räuber. Die Henne ist eins und Ihr beide dazu, macht drei; ich bin eins und die zwei Hennen dazu, macht drei.

Der Richter ergötzte sich auch an diesem und legte dem Räuber auch die fünf Eier hin und sagte: „Erzbösewicht, vertheil' auch diese."

Der Räuber legte ein Ei vor sich selbst, eines vor den Richter und, die drei übrigen vor der Richterin hin. —

Richter. Was ist dies für eine Vertheilung?

Räuber. Eine sehr guter Art; — wir Beide haben Jeder schon von Natur zwei Eier, eins dazu macht drei; Dein Weib hat von früher Keins, darum hab ich Ihr drei gegeben. —

Der Richter war entzückt und rief: Ich gebe Dir meine Tochter, denn Du bist klug und verständig und ein vollkommener Bursche.

Da sprang der Räuber auf und küßte dem Richter die Hände; dieser verlobte ihn auf der Stelle mit seiner Tochter; sie hielten große Hochzeit, die Braut erstickte beinahe in Juwelen, der Schwiegersohn erhielt die Hälfte der beweglichen und der unbeweglichen Habe des Schwiegervaters, — und sie legten sich in's Brautbett. Den folgenden Morgen kam der Räuber, küßte seinem Schwiegervater, dem Herrn Richter, die Hand und setzte sich nieder. —

Richter. Ei kluger Mann, bei Gott, ich erstaune über Dich; dieses Wesen, diese Kleidung, dieses Gewerbe passen nicht für Dich, denn Du bist gelehrt, scharfsinnig, gedächtnißstark, beredt, dichterisch, anbächtig, rechtsentscheidend, artig und schmuck; woburch bist Du gezwungen worden, dieses häßliche Handwerk zu ergreifen?

Räuber. Ei Vater, ich bin zugleich ein Räthsel, ich bin kein Räuber und lasse mich auch so nicht nennen. — Doch hört! Als mein Vater starb, hinterließ er mir ein bedeutendes Vermögen; da ich den Werth desselben nicht kannte, zehrte ich es in kurzer Zeit mit meinen Freunden ganz auf, so daß mir auch nicht so viel übrig blieb, mir noch einmal den Bart scheeren zu lassen. Als die Freunde, die mit mir gegessen und getrunken hatten, sahen, daß ich bankbrüchig geworden, wandten sie sich von mir ab, verließen mich; da erwog ich die möglichen Arten und Zuflüchte und dachte bei mir selbst: „Wenn ich eine Bude eröffnete, gewönne ich täglich an Sünden, diese würden sich endlich zu Bergen häufen, und müßten doch einmal als meiner Kunden Recht zerstreut werden, ich müßte Buße thun, jeden Kunden einzeln auffinden, und mich mit ihm vergleichen; dieß ist eine schwere Sache, sie würde mich am jüngsten Gerichte sehr quälen. — Statt täglich einige Sünden auf= zuhäufen, dachte ich mir, wenn es schon eine Sünde sein muß, soll sie nur an Einem begangen werden, — rief: — „Ich vertraue auf Dich, o Gott" zog aus — der Herr, der hohe Gott gab mir Dich als Beute, und Gott sei ge= lobt — ich habe bei der ersten Räuberthat meinen Wunsch erreicht."

's ist aus!